AF187165

Was ich denke ,
kann ich durch Fenster erkennen;
was ich kenne,
darin gespiegelt benennen.

Lorenz Filin

FSC
www.fsc.org

MIX

Papier aus ver-
antwortungsvollen
Quellen

Paper from
responsible sources

FSC® C105338

Lorenz Filius

Selbstdialogische Anekdoten

Ansichten und Geschichten im Spiegel des Horizonts

© Lorenz Filius 2019

Impressum
Filius, Lorenz: Selbstdialogische Anekdoten
Copyright: © 2019 Lorenz Filius
Herstellung und Verlag: BOD – Books on Demand, Norderstedt
ISBN: 978-3-7494-0749-1

Bibliographische Information der Deutschen Nationalbibliothek
Die Deutsche Nationalbibliothek verzeichnet diese Publikation in der Deutschen Nationalbibliographie; detaillierte bibliographische Daten sind im Internet über http://dnb.d-nb.de abrufbar.

... Als Verfasser von Geschichten gehe ich immer auch ein wenig neben mir, wenn ich Ideen aus oft geatmeter Luft gegriffen vor mich hin denke. Dann entspringen ihnen mit einem Mal Charaktere oder Ansichten, die nicht immer alltäglich scheinen, welche mich jedoch aus dem Vorbeiflug eines für mich scheinbar unbedeutenden Momentes heraus ein paar Schritte lang begleiten. Ganz plötzlich sind sie da: Ob aus der Routine zwischen Kaffeeautomat und Schreibtisch an meinen selbstgesprächigen Lippen klebend, schweigsam meiner Gedankenlosigkeit vor einem hautnah vorbeirasenden Zug entwachsend, oder laut lamentierend inmitten einer Unbequemlichkeit - sie kommen mir nicht selten aus heiterem Himmel genau dann in die Quere, wenn ich mir der unbedeutenden Leere um sie herum nicht sicher bin. Sie sind anders als die üblichen Protagonisten, wenn es mehr um ihre eigene Stimmung geht als um Romane ihres Daseins. Mit ihrer melancholischen, tragischen aber auch unwirklichen Natur gehen sie mir nach und manchmal nah - und zwar im Sinne fühlender Gedanken um banale Kaltblütigkeit des Alltags. Oft verschwinden sie bald darauf wieder, noch nicht ansatzweise vertieft, zwischen meinem Gehabe über sie hinweg. Aber immer dann, wenn die Muße mich ihnen auszuliefern vermag, schwelgen sie in mir; und die Anschauungen um sie werden zu Betrachtungen meines Gemütszustandes in Spiegelungen auf dem Panoramafenster vor der Welt. Es sind dies die kleinen Figuren und Ansichten der Versinnbildlichung aus dem Schattendasein, welches vom Rampenlicht unserer Gegenwart überstrahlt wird ...

Inhalt

Inhalt

Rosemarie und Dornfried

„Ach, du glaubst ja gar nicht, wie ich mich auf unseren Urlaub freue - den ersten seit so vielen Jahren." Rosemarie schaute ihrem Mann Dornfried schwärmerisch in die Augen.

„Na ja", antwortete dieser, „wir haben ja eigentlich immer Urlaub, seit wir beide in Frührente geschickt worden sind." In Dornfrieds Stimme lag dieser typische Unterton, der die freudige Erwartung seiner Frau leicht dämpfte. Er lächelte sie angespannt an. „Aber, Rosie, wir werden sehen, gell?"

„Was gibt's da noch zu sehen, Friedl? - Organisiert und vorbereitet. Ich habe schon alles zusammen, was ich brauche. - Ab in den Koffer damit, und los geht's."

Dornfried schaute über die Schulter seiner Frau hinweg auf das ehemalige Ehebett. Auf seiner Seite lagen Decke und Kopfkissen penibel an der Bettkante ausgerichtet, während auf der abgezogenen Matratze daneben der aufgeklappte, noch zu füllende Koffer seiner besseren Hälfte die bevorstehende Aktion mit einer ungewissen Leere offenbarte. Drumherum lagen Rosemaries vorbereitete Wäschepakete.

„Was ist?" Intuitiv lenkte sie ihren Mann mit der Aufforderung, ihr beim Einsortieren zu helfen, von dessen aufkommender Unruhe ab.

„Mensch Rosie. wozu brauchst du denn all das für die paar Tage? Die gehen doch schneller vorbei, als du die Klamotten wechseln kannst."

„Lass mich doch. - Abends mal was Nettes anziehen zum Dinner, oder das Schicke hier, wenn wir durch die Einkaufszone flanieren. Hmm, oder so was für den Strand; habe ich noch nie getragen mangels Gelegenheit."

„Shorts sind niveaulos. Ich weiß gar nicht, warum du dir die überhaupt gekauft hast." Dornfried gab sich gequält belustigt über die noch original verpackte Bermudahose in Rosemaries Hand. „Und apropos Dinner: Gegessen wird schon in der Ferienwohnung? Ich meine, da ist direkt der Discounter neben den Ärztehäusern um die Ecke. War nicht leicht, etwas so Günstiges so gut gelegen zu buchen. Da brauchen wir uns noch nicht einmal Fahrräder auszuleihen."

„Nee ist klar, und wir brauchen auch nicht über den Deich zu schauen, weil Wasser eh überall gleich aussieht", kam es von Rosemarie unmutig zurück. „Wir fahren ja auch nur deshalb in Urlaub, um uns beim Arzt zu entspannen und im Discounter ein Einkaufserlebnis bis aufs letzte Sonderangebot auszureizen."

„Warum bist du denn jetzt so gereizt?", wollte Dornfried wissen und gab sich gelassen. „Wenn was ist, oder wenn die Restaurants geschlossen sein sollten, sind wir auf der sicheren Seite."

„Ja, so sicher, wie der Tod. - Was soll denn schon sein, Friedl? - Die Eins-Eins-Null kannst du auch an der Nordsee rufen, und wir werden da oben sicher nicht verhungern."

Dornfried schmollte: „Das ist nun also der Dank für meine Bemühungen, uns eine solide Unterkunft besorgt zu haben."

Rosemarie wurde allmählich über diese ihr wohlbekannte unsägliche Art der Diskussion mit ihrem Mann fahrig, klemmte sich am Reißverschluss der zusätzlich gepackten Sporttasche die Finger und schrie genervt auf: „Ja, ich meine nein!"

„Also, was soll dann das Theater jetzt?", fragte Dornfried, sich mit beleidigter Miene abwendend.

„Das Theater machst du, mein Lieber. Pack mal endlich deinen Koffer. Dann kommst du auch auf andere Gedanken."

„Ach, nimm doch mit was du willst. Wegen mir auch noch ein paar Umzugskisten zusätzlich. Aber glaube nicht, dass ich das alles schleppe. - Ärgerlich das! Man darf aber auch gar nichts mehr anmerken." Dornfried trollte sich aus seinem Schlafzimmer in Richtung Küche.

„Weil ich schon wieder genau weiß, worauf das Ganze hinausläuft!", rief Rosemarie hinter ihm her. „Ich sage nur Hauskauf und Hochzeit."

„Nun bleibe bitte sachlich.", grummelte es aus der Küche, wo sich Dornfried der Kontrolle von ausgestöpselten Steckern und abgeschalteten Herdplatten hingab. „Wenn ich damals nicht kurz vor dem Notartermin die Notbremse gezogen hätte, dann würden wir vielleicht heute nicht hier wohnen."

„Es reicht mir langsam!", fuhr Rosemarie Dornfried über den Mund und knallte ihre Badeschlappen in den Koffer. - „Nein, ohne deine blamablen Bedenken damals würden wir heute ganz sicher nicht in dieser heruntergekommenen Wohnsiedlung unser Leben fristen."

Dornfried winkte ab: „Und was die Hochzeit unserer Tochter angeht? - Rosie, du weißt genau, was ich darüber denke. Geheiratet wird immer noch im Elternhaus der Tochter. Das ist das Normale. Wenn Tanja allerdings meinte, unbedingt in England heiraten zu müssen, musste sie eben damit rechnen, das ihre alten Eltern nicht zwangsläufig ihre verkehrte Welt mitmachen und mal eben anreisen. - Und, hat sie es uns übel genommen? - Nein. Weil sie genau weiß, was sie an uns hat; sonst käme sie uns nicht so oft mit dem Kleinen besuchen."

„Alte Eltern? Wir waren da Mitte 50, Friedl; und wir hatten die besten Blutwerte, die man in dem Alter haben kann." Rosemarie fasste sich. „Fertig!", konstatierte sie dann und stellte ihr prall gefülltes Gepäck neben sich auf den Boden. „Ja", fuhr sie fort, „Tanja kommt uns besuchen, damit unser Enkel seine Großeltern wenigstens ein Mal im Jahr zu Gesicht bekommt. Und sie ruft dauernd hier an, um unsere Telefonkosten in Grenzen zu halten. - Aber haben wir ihr einmal drüben in Wales einen Besuch abgestattet? Selbst wenn sie Geburtstag hat, lassen wir sie uns anrufen, damit wir ihr gratulieren können. - Weißt du, mein Lieber, man kann auch alles übertreiben. Mensch, was hätten wir all die Jahre da schöne Sommertage verbringen können, und das immer für lau. Und wenn es dann doch einmal über dich kam, eine Tour zu unternehmen, musstest du ja regelmäßig kurz vor der Abreise deine Herzstolpereien oder die Angst vor dem Abbrennen unserer Wohnung ausspielen, nur weil dir die Sicherungen im Hausflur ganz plötzlich wärmer vorkamen als üblich. Wenn dann alles storniert war, warst auch du wieder kerngesund und die Sicherungen alle auf Normaltemperatur. Und war es nicht das Herz, das durchbrannte oder nicht der Sicherungskasten, welcher sich in einem imaginären Inferno auflöste, war da ja immer noch der Schwiegersohn, mit dem du ja angeblich nicht so gut kannst. - Er mag dich übrigens, wusstest du das? - So, genug lamentiert. Aber das musste einfach mal raus. Ich frage mich sowieso, warum ich das immer wieder einfach hingenommen habe."

„Red du nur," frotzelte Dornfried sich in seiner scheinbaren argumentativen Überlegenheit sonnend, „Die alberne Plattitüde, dass du die Koffer packst und ausziehst, hast du ja immerhin dran gegeben."

„Meine Koffer sind jetzt immerhin gepackt", antwortete Rosemarie, „und das eine sage ich dir, dieses Mal machst du zumindest mir keinen Strich durch die Rechnung. - Und wenn ich alleine reisen muss! Noch einmal ganz deutlich: Ich steige morgen früh ins Taxi und fahre zum Bahnhof! - Es ist mir gleich, was dich heute Nacht wieder wach hält, und ob du mit kommst oder nicht. Dein Arzt hat die ganze Woche über die Praxis geöffnet, und das Krankenhaus ist einen Katzensprung weit entfernt; zudem ist kein Feiertag in Sicht, der dich verhungern lassen könnte. Ich reise dieses Mal ohne wenn und aber guten Gewissens ab; schreib dir das hinter deine Ohren. Und ich lasse mich heute Nacht auch in keiner Weise herumkriegen, meinen Entschluss zu ändern. Damit du es weißt: Ich habe die Buchung bereits komplett bezahlt - allerdings diesmal ohne Reiserücktrittversicherung. Kannst dir ja überlegen, ob es dir das wert ist."

Die Sprachlosigkeit, die Dornfried augenblicklich ins Gesicht geschrieben stand, war kaum den Argumenten seiner Frau zu verdanken als mehr ihrem abschließenden Satz. „Du hast was?", empörte er sich. „Bist du noch bei Trost? - Das hat ein Nachspiel - das sage ich dir. Ich kann nämlich auch ganz anders." Angesäuert verzog sich Dornfried ins Wohnzimmer, wo er sich für den Rest des Abends in die Schwarz-Weiß-Fotos alter Familienalben vertiefte.

Selten schlief Rosemarie so unruhig wie in der folgenden Nacht. Sie musste immerzu an die abendliche Diskussion mit ihrem Mann denken und versuchte, sich gedanklich in den Schlaf zu rechtfertigen. Es gelang ihr kaum. Auch nicht der feste Entschluss, im Zweifelsfall die so ersehnte Reise auf eigene Faust und ohne Begleitung anzutreten, ließ sie ruhiger werden. Der Zwiespalt zwischen der vor ihr liegenden Unsicherheit einerseits und wartenden Freiheit andererseits machte sie nur noch nervöser. Immer mal wieder dämmerte sie weg, bis sie kurz nach Mitternacht hellwach da lag. ‚Ich kann auch anders‘ klang es in ihrem Ohr. Das sagte Dornfried nur, wenn er sich seiner Sache besonders sicher war. Mit einem mulmigen Gefühl im Bauch lauschte Rosemarie auf etwaige Unruhen im Schlafzimmer nebenan. Verdächtig still war es. Normalerweise trieb es ihren Mann in der Nacht vor einem solchen in seinen Augen unwägbaren Projekt immer in der Wohnung umher, um das Vorhaben dann schließlich mit nächtlich zurechtgelegten Argumenten am nächsten Morgen beim Frühstück zunichte zu machen. ‚Ich kann auch ganz anders‘; es ließ Rosemarie nicht zur Ruhe kommen. Dann stand sie auf, um nebenan nach dem Rechten zu schauen.

„Friedl? - Kannst du auch nicht schlafen?" Leise trat sie ein und dann an sein Bett. Dornfried lag dort mit entspannt geschlossenen Augen und einem Lächeln auf den Lippen. Er rührte sich nicht. Sein Atem war weder zu hören, noch wies ein leibliches Auf und Ab unter der Bettdecke auf einen solchen hin. Rosemarie legte versöhnlich ihre Hand auf die ihres Mannes und erschrak im selben Moment über dessen eiskalte Haut. Nur Dornfried ließ sich nicht aus der Ruhe bringen; er war sich seiner Sache so sicher wie nie.

Alle Zeit

Also wollt ihr alle Zeit?
Wollt ihr sie um jeden Preis?
Sommer bis der Kopf euch qualmt?
Winter bis es Sonnen schneit?

Nun gut, ihr sollt sie haben. Jubelt eurem großen Bruder in den Rachen. Jahreszeiten, Monate und Tage sind der Schund romantischer Besinnlichkeit. Und so nehmen wir euch diese Last, erleichtern euch auch um Minuten wie um rest-intuitive Schrecksekunden, den gefährlichsten Gesellen unberechenbarer Nachgedanken. Wir sind trickreich euch zu Füßen.

Und die Nächte werden abgeschafft. Wir hängen einen leuchtend roten Popanz an die Himmel unserer Sphäre. Dieser wird euch leiten, von Maloche zum Besäufnis, von Besoffenheit vor anerzogener Glückseligkeit hinweg über das Schlafbedürfnis produktiver Spielverderber bis zur eingepeitschten Kontinuität von Nutz- und Dämmerzuständen. Ihr werdet sportlich und galant im Angesicht domestizierter Angst vor Depressionen aus der düsteren Vernunft vorbei flanieren - ihr sollt erhellt sein, und nicht ruhen, bis man es euch medizinisch zugesteht, den letzten Ausweg zu erstreiten und intim verklemmt die widerliche Endlichkeit zu zeitigen.

Ja, genießt die heiße Freiheit; spornt sie weiter an und sonnt euch in Verschmelzung mit dem Flair, bis ihr die Katastrophen mittels Selbstkasteiung lieben lernt; so wachsen sie euch niemals über Schweißperlen hinaus. Lasst euch endlich ein auf eine lustvolle Verewigung des immer jungen Tags im fetten Stern am rosa Firmament. Denn ihr rettet alle Zeit der Welt in Sonnenuntergänge bis zum Morgengrauen und vergesst, weil nichts mehr die Vergangenheit beschwört. Auch um uns braucht ihr euch nicht zu sorgen, denn wir sorgen ja für euch.

Aber wehe euch, wenn ihr das zeitlose Geschenk erniedrigt, seinen Glanz verdunkelt und im Aufzug wolkiger Besinnung Schatten zwischen euch und diesem kalkuliert: Dann kostet euch die Hexenjagd der Elemente wieder Zeit, euch der Verantwortung bewusst zu werden. Wir jedoch, das welterfahrene Kontinuum, wir werden euch nicht länger schützen können vor der Einbildung, das Klima mehr vergiftet und verbraucht zu haben, als es unsere Begnadung je verwässern konnte. Ja, dann habt ihr einen Wandel, den ihr immer scheutet, und der Takt darin wird euch erschlagen, weil ihn niemand mehr in langweilige Bahnen lenken will. - Wie ihr es macht, so habt ihr es verdient, so wie ihr uns für euch verbrüdert habt.

Apathus

Ohne eine Miene zu verziehen, stand Apathus vom Esstisch auf. Das war mal eine klare Ansage seiner Frau. So war sie für ihn eigentlich in Ordnung, schien beinahe richtig in sein Beziehungskonzept zu passen: Ehrlichkeit ohne wenn und aber, und diesmal sogar ohne diese nassen und Problemlösung verweigernden Augen. Ihr aus seiner Sicht ausdrucksloses Gedruckse ließ den eingefleischten Wissenschaftler sonst regelmäßig ratlos zurück. Nun sprach sie Tacheles: Sie ging also fremd. Damit konnte Apathus immerhin arbeiten. Ob er damit auch leben konnte? Das war nun an ihm herauszufinden.

Das lange Hadern über Problemlösungen lag Apathus nicht; er gab sich lieber der Methode von Ursache und Wirkung hin - stets abgesichert und mit doppeltem Boden, versteht sich -, um seinen Weg durchs Leben zu finden. Sie ging also fremd, und sie war damit die Ursache für die Folgen aus dem, was Apathus nun unternehmen würde. Zur Absicherung dessen klopfte er die Vorgeschichte seinerseits bei einem ausgedehnten Spaziergang am Deich entlang ab; dort, wo rechts nur das stille Wasser und links das flache Land seinen Weg ab durch die Mitte ebneten. Apathus schaute unentwegt geradeaus, und er fand in dieser Aussicht nichts, was ihn von der Vergangenheit hätte logisch einholen können. Er ging den Ehevertrag im Kopf noch einmal durch; vor etlichen Jahren hatte er ihn vor der Eheschließung auswendig gelernt: Punkt für Punkt hakte er gedanklich im Nachhinein ab, aber weder ein Rechtsbruch, noch ein Abweichen von seinen ehelichen Pflichten kam ihm dabei quer. Hier und da hielt er kurz inne, um sich kleinere Unsicherheiten bezüglich einzelner Unterpunkte gewissenhaft aus dem Kopf zu schlagen. In der Regel handelte es sich dabei um zu vernachlässigende Toleranzen. Sie resultierten meist aus einer Art höherer Gewalt, welche in vereinzelten Affekthandlungen seitens Apathus ihren schlagkräftigen aber berechtigten Ausdruck fanden. Die abschließende Kernfrage, warum er und seine Frau überhaupt geheiratet hatten, ließ sich nach dem geistigen Abgleich der vertraglichen Theorie mit der verstrichenen Ehelaufzeit einfach beantworten: Eine Jugendsünde, die im Großen und Ganzen folgenlos geblieben war; abgesehen von den paar Querelen nach einer kleinen Abtreibung, welche aber ebenso auf rechtlich sicheren Füßen stand. Apathus atmete konsequent durch. Gut. ‚Nun also zum nächsten Schritt‘, überlegte er, nämlich der Beseitigung des aktuellen Umstandes und der Kündigung des Vertrags.

Zurück zuhause, setzte sich Apathus auf den harten Stuhl vor seinem Schreibtisch. Sein Arbeitsplatz war so positioniert, dass er von da aus das gesamte Wohnzimmer im Blick hatte, in welchem sie mit der Hausarbeit fortfuhr. Auch beim gemeinsamen Fernsehen saß er immer dort, während es sich seine Frau auf dem Sofa mit dem Rücken zu ihm gemütlich machte. Eine gute räumliche Konstellation zum Ausklang eines Tages, fand Apathus. So ließ sich über vieles hinwegsehen, was sonst womöglich einen unnötigen Diskussionsaufwand erzeugt hätte. Nun ging es aber um etwas anderes, weitaus Existenzielleres. ‚Wortloses Staubwedeln‘, ging es Apathus durch den Kopf, als er seine Frau beobachtete. Das dauerte und gab ihm Zeit für weitere gedankliche Vorbereitungen. Er folgte akribisch jeder ihrer gebeugten Bewegungen quer durch das Zimmer. Um dabei nicht aufzufallen, ließ er seinen Blick immer wieder über ein weißes Blatt Papier vor sich auf dem Tisch wandern - dann, wenn sich aus den unberechenbaren Körperhaltungen vor ihm die Möglichkeit anbahnte, dass sich die Blicke der beiden treffen könnten. Das galt es in diesem Stadium der Entscheidungsfindung zu vermeiden. ‚Wie sie sich windet‘, überlegte Apathus während seiner Analyse, ‚so emotional affektiert, völlig umständlich und der Effizienz ihrer Arbeit kaum dienlich; dabei ist sie handwerklich immerhin recht begabt als ausgebildete Feinschlosserin.‘ Eine weitere Bestätigung Apathus‘ Bedürfnisses nach Klarheit, dass mit dieser Frau nicht sachlich zu diskutieren war. Und deswegen hatte ihre sachliche Behandlung Priorität zur Beilegung der Gesamtsituation. Schließlich rief die einträgliche Tagesordnung, und auf Apathus‘ Schreibtisch lagen noch viele weiße Blätter, die mit Schwarz gefüllt werden mussten.

Dann kam ein kritischer Moment dazwischen, da Apathus es in Vertiefung seines Anliegens versäumt hatte, den Schreibtisch zu verlassen, bevor dieser der Staubwischattacke seiner Frau zum Opfer fallen konnte. Schon stand sie seitwärts vor seinem Tisch und wischte über die dort stehende Kommode. Er musste schnell handeln, aber darauf war er derart kurzfristig nicht vorbereitet. Und das letzte Mal, dass seine andere Ehehälfte zwecks eines körperlichen unabdingbaren Grundbedürfnisses seinerseits sich ihm auf weniger als einen Meter genähert hatte, war schon eine geraume Zeit her. Da konnte Apathus einfach die Augen schließen und die Befriedigung abwarten. Jetzt aber passte diese Strategie überhaupt nicht. Stattdessen lief im Gehirn des von sich selbst Überraschten ein finales Notprogramm ab, eines, das er immer wieder seit der Eheschließung vor dem Spiegel trainiert hatte. Mit einer weiteren Halbdrehung wendete sich seine Frau nun Apathus zu. Im selben Moment hatte dieser schon die Pistole aus seiner Schreibtischschublade gezogen und hielt sie seinem Gegenüber genau mittig vor das Gesicht. Ohne durch ein Wimpernzucken weitere Zeit zu verlieren drückte er ab.

Ein enormer Knall hatte das Zimmer erschüttert. Apathus saß dort mit unverändertem Blick, zurückgefallen in seine Stuhllehne. Aus seiner Stirn ran Blut und ein Stück Metall ragte aus dem Knochen. Milena nahm ihm die Reste der zersplitterten Waffe aus der Hand. Der perfekte Rohrkrepierer. Sie betrachtete sich das Ende des zerfetzten Laufs, in welchem die eingedrehte Schraube immer noch fest, sicher und schließlich effizient saß.

Sarah und der Kapitän

Das wohl verdiente Glas Wein zum Abschluss eines arbeitsreichen Tages neigte sich langsam dem Ende zu, und Skipper Fiete schüttelte den trockenen Sand aus seiner Seemannsmütze. Er schätzte es nicht besonders, wenn sich jemand an seinem Lieblingskleidungsstück zu schaffen machte und damit herumspielte. Eigentlich gab es auch niemanden in Fietes Leben, der auf diese Idee kommen könnte; niemanden, bis auf Sarah; da wusste er aber, dass seine knautschige Kopfbedeckung in guten Händen war. Fietes sechsjährige Nichte saß neben ihm in dem klapprigen aber gemütlichen Strandkorb und blinzelte abwechselnd mal in den Sonnenuntergang über der Nordsee und dann wieder in das rosige Gesicht des bärigen Touristenbootkapitäns neben sich.

„Und was machen wir jetzt?", wollte Sarah wissen, als Fiete sich die Mütze aufsetzte und mit der Handkante prüfte, ob sie auch mittig saß. Sarah lachte und ahmte seine Handbewegung nach.

„Na was wohl", brummelte ihr Onkel, „aufs Schiffchen, und dann rasch in die Koje; morgen kommen deine Eltern zurück aus Amerika. Und übermorgen ist dein erster Schultag, das wird sicher aufregend."

„Ich weiß nicht." Sarah baumelte nachdenklich mit den Beinen und hatte so gar keine Lust, die gemütliche Strandbehausung zu verlassen. „Ich weiß nicht ... ich würde lieber wieder mit dir aufs Meer. - Ist bestimmt aufregender."

„Na, nu muss das ja weiter geh'n, meine Lütte." Mama und Papa freuen sich sicher auf dich und euer neues Haus in Düsseldorf. Und da hast du auch wieder dein großes, weiches Bett."

Die beiden Strandausflügler kramten ihr Abendbrot zusammen und liefen barfuß durch den Sand in Richtung der Anlegestelle, wo Fietes Boot festgemacht war. Fiete sprang an Deck und streckte dem Mädchen die Hand entgegen. Sarah aber machte keine Anstalten wie üblich, der Aufforderung Folge zu leisten. Stattdessen blieb sie beharrlich am Rand der Kaimauer stehen, schniefte und blickte ihrem Onkel fest ins Gesicht. „Gib's zu", kam es leise über ihre Lippen.

„Was soll ich zugeben?" Fiete stutzte. Dann grinste er. „Nun komm schon rüber, wird langsam spät ... und die Kai-Klabautermänner haben dich sicher schon entdeckt."

Sarah biss sich auf die Unterlippe und blickte um sich; nie saßen ihr die Kai-Klabautermänner so sehr im Nacken wie jetzt. Sonst war es ein Leichtes für die Kleine, sich im Schutze der Kajüte und bei Fietes Gute-Nacht-Geschichten lustig über die vermeintlichen Kobolde zu machen. „Gibs zu", wiederholte sie, „dass der kleine Seehund gestorben ist."

„Mönsch, Lütte, wie kommst du denn darauf?"

„Weil es heute nicht so ist wie sonst."

„Du meinst, weil du Morgen nach Hause fährst. - Aber in den Ferien kommst du doch wieder. - Und überhaupt, warum sollte der junge Seehund denn tot sein?"

„Na weil, weil der heute nur so da rumlag und sich nicht regte, und weil übermorgen Schule ist."

Fiete schmunzelte. „Weißt du was? Morgen früh, noch vor dem Frühstück fahren wir zwei ganz alleine raus und schauen nach. Und wenn der kleine Seehund dann noch lebt ..."

„Au ja!", unterbrach Sarah ihren Onkel freudig und sprang beherzt zu ihm aufs Boot. Und so wie sie den Klabautermännern gerade noch einmal entkommen war, wusste sie, dass die Schule daran auch niemals etwas ändern würde.

Voodoo Dog

„Schluss! Aus! Sense! Jetzt reicht's endgültig!" Wutentbrannt erhob sich Lukas von seinem Schreibtischstuhl, rempelte ihn hinterrücks um und versetzte dem Tisch einen aggressiven Stoß mit dem Oberschenkel. „Autsch! Verdammter Mist."

Aufgeregt lief er in seinem Arbeitszimmer hin und her. Wie viele Kilometer er sich wohl auf diese Weise schon den Ärger über die kläffende Töle abtrainiert hatte. „Einmal muss auch Schluss sein! Jeden Tag der gleiche Mist! Von früh bis spät. Das hält doch kein Mensch aus!"

Lukas machte abrupt vor dem Fenster halt und schloss es mit einem lauten Rums, ein wenig in der verzweifelten aber vor allem albernen Hoffnung, die Nachbarin könnte diesen Akt des Unmuts irgendwie tangiert haben. Auch das stärkste Doppelglas half wenig, dieser nervtötenden Dauerbeschallung von Gegenüber Einhalt zu gebieten. Zwei Monate ging das nun schon so. Dort, wo vorher ein ruhiges, unkompliziertes Rentnerehepaar sein Häuschen immer so schön in Schuss gehalten hatte, lotterte nun dieses neu zugezogene fette Weib herum, mitsamt ihrem Köter und natürlich ohne Mann oder Kind. ‚Wie kann man ein Grundstück innerhalb so kurzer Zeit dermaßen herunterkommen lassen', fragte sich Lukas, wie er da so stand und hasserfüllt auf den herumlungernden Hund zwischen Müll und leeren Flaschen starrte. Das Riesenlamm beherrschte wirklich das ganze Programm. Wenn er nicht gerade jaulte wie eine verendende Kuh, dann bereitete dieser tierische Widerling dem genervten Heimarbeiter mit seinem hämmernden und durchdringenden Gebell Magenschmerzen. „Wie soll man sich denn da konzentrieren?" Lukas schlug das vor ihm auf der Fensterbank liegende Notizbuch auf, nahm seinen Stift hinterm Ohr hervor und blätterte bis fast ans Ende. „Meine Güte", staunte er dann wohl nicht zuletzt über sich selbst, „beinahe randvoll mit Beweisen. - Na, ja." Lukas schaute auf die Uhr und notierte ein weiteres Mal Zeit und Dauer der aktuellen Lärmbelästigung. ‚Das wird mal Goldwert sein', überlegte er dann, immer aber den Hintergedanken verdrängend, mit diesem Lärmprotokoll zum Ordnungsamt zu marschieren. ‚Wenn es voll ist, wenn es richtig voll ist, dann ist der richtige Zeitpunkt.' Lukas ließ seinen Blick aus dem Fenster über die angrenzenden Nachbargrundstücke streifen. Aber da tat sich im Kontrast zum Grundstück gegenüber kein Mucks. Seltsam eigentlich, so spießig, wie ein Großteil der Nachbarschaft ansonsten gerne auftrat. „Ignoranten. Feiglinge", wetterte Lukas leise vor sich hin. „Ich werde gewiss für euch in die Bresche springen. - Aber wartet's ab. Bald, sehr bald ..."

Lukas wendete sich wieder vom Fenster ab. Dabei schüttelte er den Kopf und steigerte sich, wie so oft, in die müßige Überlegung hinein, warum die Alte auch nie mit dem Vieh raus ging; selbst zum Einkaufen ließ sie es im Vorgarten zurück. Andererseits hockte sie ständig paffend in ihrem Wohnzimmer und ließ sich nur ab und zu dazu nieder, keifend ihre Bequemlichkeit in den Vorgarten dringen zu lassen - ohne aktiv zu werden natürlich. Das geschah meist aber nur dann, wenn das Biest sich aufgrund eines vorbei laufenden Spaziergängers mit andern Hunden regelrecht akustisch überschlug. Mittlerweile wünschte Lukas der Nervensäge bei solchen Ausrastern regelmäßig eine gepfefferte Herzdehnung an den Hals. Oh, ja, Lukas hatte sich schon schlau gemacht, was Hunden alles so passieren könnte ... im Falle eines Falles. Die Frau musste doch auch selbst von diesem Krach genervt sein. ‚Asozial eben ... da machste nix. - Wieso kann die sich überhaupt so ein Häuschen leisten?' Wie üblich beschloss Lukas seine Ungedanken mit diesem Satz, bevor er sich erneut auf seine Tätigkeit als Übersetzer zu konzentrieren versuchte. Und regelmäßig kam der Ärger in Nachwehen etwas hoch; dann spürte Lukas ganz besonders, dass die neue Situation nicht nur ihn in seinem persönlichen Empfinden, sondern auch seine Arbeits- und Konzentrationsfähigkeit zunehmend beeinträchtigte. Außer dem Zorn über den bellenden Quälgeist plagte Lukas zudem der Ärger über seine eigene Leidensfähigkeit; denn nicht selten regte er sich mittlerweile schon im Ansatz eines kurzen Kläffens dermaßen auf, dass ihm jeder Minimalausbruch seitens des Tieres wie eine kleine

Ewigkeit vorkam. Aber was sollte er auch gegen diese Konditionierung machen. Er hatte sogar schon versucht, Teile seiner Arbeiten in die späten Abendstunden zu verlegen, wenn Madame gegenüber ihren Persönlichkeitsersatz ins Haus geholt hatte. Aber dann fehlte Lukas am andern Tag regelmäßig Schlaf, welches zu einer noch empfindlicheren Erwartungshaltung in der Sache führte.

Lukas hatte sich in einem Augenblick der Stille gerade vom Fenster abgewandt, da setzte das Ungetüm erneut zu einem Heul- und Kläffkonzert an. Der junge Mann atmete schwer durch und ließ den Kopf hängen. ‚Hilft alles nichts, ich werde das da heute Abend fertig machen - muss einfach mal hier raus', beschloss er dann, und schlug die zu übersetzende Abhandlung über Voodoo-Zauber zu. Wie ihm dabei so der Titel unter die Augen kam, hielt er kurz inne, beinahe zeitgleich mit dem Gebell dort draußen. Lukas lächelte müde in sich hinein und verließ das Haus zu einem ausgedehnten Vesperspaziergang.

Unterwegs durch den Ortswald und an einem kleinen Weiher vorbei, gelang es Lukas schließlich, ein wenig abzuschalten. Dennoch drehten sich seine Gedanken unentwegt um die Zumutung durch die neue Nachbarschaft. Was hatte er nicht alles schon in Erwägung gezogen, um dem Problem Herr zu werden, bzw. ihm regelrecht den Garaus zu machen. Denn neben solchen verhaltenen und gleichermaßen erfolglosen Ansätzen, wie halblaut über die Straße zu schimpfen, oder mit einem Ultraschallsender den Köter zum Kuschen zu bringen, bewegten Lukas in seiner Verzweiflung auch durchaus dunklere Gedanken dahingehend. Etwa selbst Hand anlegen wollte er allerdings nicht, so wie es ihm jemand in einem zweifelhaften Internetforum riet. Dazu fühlte er sich nicht berufen, und diese Art der Problembeseitigung mittels einem Kantholz widerstrebte ihm. Lukas schwebte da eher etwas aus vermeintlich sicherer Distanz vor. ‚Pfeffer, Zartbitterschokolade oder gar Schneckenkorn, das wäre vielleicht etwas', überlegte er auf dem Heimweg. ‚Soll den Flohsäcken ja nicht besonders gut bekommen, und könnte ja jemand einfach so vor dem Gartentor der Tussie verloren haben. Aber, um dieses Zeug entsprechend an der richtigen Stelle zu verlieren, müsste man sich verdächtig nah an das Tor der Nachbarsfrau begeben ... und wenn der Teufel es will ...' Nein, auch das verwarf Lukas erneut als zu unsichere Methode im unsichtbaren Kampf gegen das Übel. Und die Frau einfach mal ansprechen? „Kommt überhaupt nicht in Frage!" Lukas spürte eine unangenehme Wallung beim lauten Verwerfen dieses letzten Gedankens, als er hinter sein Gartentor trat. „Dann bleibt mir vielleicht noch dies", grummelte er unter dem Anflug eines sarkastischen Lächelns in sich hinein, an den Text denkend, welchen er nun am Abend noch übersetzen musste.

Der Tag war hinter sich, oder besser gesagt durchgebracht, wie Lukas es gerne nannte. Es war bereits weit über Mitternacht. Die Übersetzung lag fix und und fertig auf dem Tisch. Der fleißige Schreiber hatte ganz entgegen seiner Annahme zügig durcharbeiten können, obwohl er hundemüde war und sein Herzschlag noch einmal spät durch ein kurzzeitiges Jaulen von Gegenüber malträtiert wurde. Vielleicht lag aber das Gelingen des arbeitsamen Abends nicht nur am beruhigenden Wein in Lukas' Ausdauer, sondern auch am Thema selbst - vielversprechend und verlockend. Auf eine Weise fühlte Lukas sich nachhaltig inspiriert. Er war durchaus nicht abergläubisch, aber das vor ihm liegende Essay rund um die Magie des Voodoo-Zaubers ließ ihm nunmehr keine Ruhe in eigener Sache. Ein merkwürdiger Kauz hatte ihm diesen Auftrag wenige Tage zuvor telefonisch angeboten und ihm per Kurier das Skript zukommen lassen. Dass irgend etwas mit diesem Mann nicht stimmte, ahnte Lukas intuitiv; aber es ging schließlich um gut verdientes Geld. - Was sollte da Schlechtes bei gewesen sein, zumal der Auftraggeber im Voraus bezahlt hatte? Lukas dimmte das Licht über dem Schreibtisch, nahm sein Weinglas und stellte sich ans geöffnete Fenster. Eine herrliche Stille strömte von draußen herein. Der annähernd volle Mond tauchte die spärlich beleuchtete Straße sowie die Grundstücke mit den Häusern in ein fahles Licht; doch war dem vor sich hin Sinnierenden, als würde sich durch den unwirklichen Schein ein Schatten über das Haus gegenüber legen, gleichsam Lukas' ganzem Argwohn, der sich darin niederschlüge. Nur ein Anflug von undefinierbarem Mitleid mit der einsamen Frau in diesem Haus? Ein Anflug, welcher Lukas angesichts der späten Weinstunde in einem wohligen und beruhigten Schauer überkam? Oder war der Schatten nichts anderes als der banale Ausdruck der verwahrlosten Bäume und Büsche und damit der Schlampigkeit rund um dieses einst so gepflegte Eigenheim? Früher war es dort bis spät in den Abend freundlich beleuchtet, nun aber brannte immer nur so ein erbärmliches Licht hinter dem Wohnzimmerfenster - wahrscheinlich irgendwo zwischen all dem unaufgeräumten Krempel darin.

,Ach, das funktioniert so oder so nicht', dachte Lukas und schaute zur Uhr. Um null Uhr fünfzig war Vollmond. Lukas erschrak ein wenig über die Tatsache, dass er sich im Zuge seiner Arbeit doch wirklich die Mühe gemacht und die genaue Uhrzeit des anstehenden Vollmondes recherchiert hatte. Für seine Übersetzung brauchte er dies freilich nicht. „Komm, lass es einfach", murmelte er sich leise zu." Es zog ihn eigentlich ins Bett, aber stattdessen nahm er erneut an seinem dämmrigen Schreibtisch Platz. Ihm war seltsam zumute, als er dort ohne darüber nachzudenken einen kleinen Notizzettel aus der Schublade nahm. Noch bevor er ihn direkt im Anschluss daran wieder im Papierkorb verschwinden lassen wollte, begann er aber auch schon wie von Geisterhand darauf zu malen. Lukas war sicher kein guter Zeichner; umso erstaunter war er, als er sich die Kritzelei betrachtete. Jeder, dem Lukas sein Gemälde unter die Augen gehalten hätte, hätte darin alles mögliche erkannt, aber kaum einen Hund - mit diesem Rattengesicht, einem teuflischen Schwanz und den gliedrigen Beinen wie von einer Spinne. Aber genau so hörte sich das Biest in Lukas' Nachtgedanken an: Unberechenbar und hässlich. Er schnitt die Zeichnung aus dem Papier aus und schob sie gedankenverloren vor sich auf dem Tisch hin und her. Dann hörte er sich wieder sagen „Komm, hör auf mit dem Käse und geh' endlich ins Bett."

Anstatt aber diesem inneren Aufruf nachzukommen, fühlte er sich eher davon getrieben, seine schemenhafte Idee weiterzuspinnen.

„Jetzt brauche ich noch irgendetwas ... etwas, das zu dem Vieh gehört", überlegte er laut, „damit die Sache auch eindeutig ist und sich nicht etwa gegen mich selbst richtet." Da Lukas nichts entsprechendes zur Verfügung hatte, bediente er sich kurzer Hand seines Fotoapparates. „Ein Bild von der Verwahrlosung da drüben tut's sicher auch. Passt jedenfalls wie Faust aufs Auge."

Mehr schlecht als recht gelang Lukas eine nächtliche Aufnahme von dem Grundstück auf der anderen Straßenseite. Zwar traten unter den ungenügenden Lichtbedingungen kaum Details auf dem anschließenden Fotoausdruck hervor, aber dafür machte das Bild einen umso unheimlicheren Eindruck. Und unheimlich war die neue Nachbarin, welche sich nur selten blicken ließ, auf jeden Fall. Schließlich klebte Lukas seine Zeichnung auf das Foto und nahm sich eine dicke rote Kerze sowie eine Stecknadel aus der Kommodenschublade. Dann ließ er sich vor dem Fenster damit nieder und breitete bedächtig seine Utensilien auf dem Fensterbrett aus. Er lehnte sich zurück. „Mann, bist du fertig", ermahnte Lukas sich unter einem kräftigen Schluck Wein. „Gehe schlafen, bring die Sache am Montag beim Ordnungsamt vor - und gut ist." Aber die Neugier war stärker, und Lukas fragte sich ernsthaft, warum jemand ihm viel Geld für die Übersetzung eines populärwissenschaftlichen Artikels zahlte, wenn darin doch nur Schwachsinn stünde. Irgendetwas musste an dem Thema schon dran sein, dachte er, zumindest genug, um es unbefangen auszuprobieren. Auf die Schliche könnte ihm dabei ohnehin niemand kommen, außer sein Gewissen vielleicht. Unter diesem Gedanken wuchs zugleich wieder die Abneigung gegen das Riesentier von Gegenüber samt seiner ignoranten Halterin. „Kann nicht schaden ... auch wenn es eh nichts bringt", beschwichtigte sich Lukas und begab sich endgültig an die Durchführung seines zusammengeschusterten Voodoo-Rituals.

Ein Blick zur Uhr zeigte, dass es nur noch wenige Minuten bis zum Vollmondhöhepunkt waren. Lukas entzündete den Kerzenklotz auf der Fensterbank. Der vom Docht aufsteigende Ruß hatte etwas

Magisches. Optisch in einer Flucht mit dem Haus gegenüber positionierte Lukas sich davor und hielt die Stecknadel in der einen sowie seine Fotomontage in der anderen Hand. Was würde wohl passieren, wenn er jetzt wirklich ...? Halt, da fiel ihm etwas ein. Der selbsternannte Zauberlehrling benötigte natürlich noch einen Reim. Laut dem, was er gelesen hatte, würde so ein magischer Vers den Zauber verstärken. Lange nachzudenken brauchte Lukas nicht, denn das Sprüchlein lag ihm wie eine Eingebung schon auf der Zunge. Also los! Derweil Lukas' Augen auf den Minutenzeiger seiner Armbanduhr gerichtet waren, hielt er das Bild vor die Kerze, zögerte einen Augenblick, und sprach pünktlich zur Vollmondzeit seinen Spruch: „Nimm hinweg mir meine Pein, gib sie diesem Teufel dort, schläfere dies Tier bald ein, oder jag' es einfach fort." Zugleich spießte er das Papier beherzt durch das Wachs hindurch auf - mitten durch den Kopf der Tierzeichnung. Daraufhin pustete er die Kerze aus und den Rauch des Dochtes in die kühle Nacht. Ein wenig erschrocken von seinem eindringlichen Blick auf sein Tun, ließ Lukas genauso schnell davon ab und lehnte sich zurück. ‚So ein Blödsinn' dachte er, ‚ein Bild aufgespießt an einer Kerze ... und nu?' Er schaute um sich und dann auf die Straße. Alles war unverändert. Eine normale Nacht eben. Etwas mehr Effekt zur Bestätigung des Zaubers hatte sich Lukas schon erhofft; einen eisigen Windstoß, ein fernes Donnergrollen oder ein Flackern der Straßenbeleuchtung. Aber da war nichts Ungewöhnliches, außer vielleicht das fade Licht im Haus gegenüber, welches eigentlich hätte schon längst gelöscht sein müssen - jedenfalls wenn es nach Lukas' ausgiebigen Beobachtungen der vergangenen Wochen ginge. „Na hoffentlich lässt die Olle die Töle nicht auch noch Nachts raus", fluchte er leise vor sich hin; und unter dem aufkommenden Ärger über seinen eher ermüdenden als sinnvollen Aktionismus begab Lukas sich zu Bett.

Der Wein musste es wohl gewesen sein, welcher Lukas ein Erwachen mit Kopfschmerzen bescherte. Ausnahmsweise schlug er die Augen auf, noch bevor das erste Kläffen zu vernehmen war. Er hatte einen unruhigen Schlaf gehabt; das bestätigte nicht nur das völlig zerwühlte Bett, sondern auch die schemenhafte Erinnerung an unsinnigste Träume. Schade eigentlich. Es war Sonntag, und da dieser Hund von einem Hund offensichtlich noch nicht die Stille des neuen Morgens zu stören vermochte, hätte Lukas gerne mal ausgeschlafen. Sofort kam ihm die Erinnerung an sein Ritual in den Kopf. Im Raum hing noch ein wenig der Geruch der stark rußenden Kerze. Gerädert erhob Lukas sich aus seinen Kissen, um erst einmal durchzulüften. Mit dem Öffnen des Fenster erschloss sich ihm dann auch der Grund, warum es gegenüber noch so still wahr. Ein Rettungswagen parkte vor dem Haus. Die Sanitäter hatten offenbar gerade ihr Werk beendet und stiegen wieder in ihr Fahrzeug ein. Lukas wurde mit Rückblick auf die letzte Nacht schlagartig mulmig zumute. Noch bevor er sich hastig etwas überstreifen konnte, um hinauszulaufen und etwas Näheres in Erfahrung zu bringen, war die Ambulanz auch schon verschwunden. Lukas trat der Schweiß auf die Stirn, als er von seiner Haustür aus in den Garten auf der anderen Seite spähte. Dort war es gespenstisch still und nichts rührte sich zwischen all dem Krempel. Lukas versuchte, sich zu beruhigen. ‚Nun mal ganz sachlich - ein Krankenwagen rückt nicht aus, wenn irgendein Haustier eingeht. Warum sollte das Vieh auch ausgerechnet den Löffel abgeben, wenn ich mir das wünschte?‘ Natürlich wusste Lukas, dass der Rettungsdienst kaum wegen eines Hundes ausgerückt war, und umso mehr verunsicherte ihn seine vielleicht nicht ganz so harmlose Tat in der Nacht.

‚Aussitzen‘, dachte Lukas, ‚einfach den Tag beginnen wie immer; mir kann ja keiner was; alles Zufall.‘ Aber so sehr er sich auch bemühte, sich in seine täglichen Routinen einzufinden, so vehement kniff ihn sein Gewissen immer öfter während der folgenden Stunden. Er konnte sich auf nichts konzentrieren, gerade nun, wo die Ruhe einmal draußen andauerte, wenn auch auffällig lange. Es war schon fast Mittag, und allmählich wünschte Lukas sich ein erlösendes Bellen herbei. Dann hielt er es nicht länger aus. Er musste nun wissen, was geschehen war. Er überlegte, bei den Nachbarn zu klingeln. Vielleicht wussten die mehr. Lukas verwarf diesen Gedanken in der Angst, sich in seiner Besorgtheit irgendwie verdächtig zu machen. Schließlich ging er hinaus, stellte sich an sein Gartentor und versuchte von dort aus irgendetwas durch das Wohnzimmerfenster auf der andern Seite zu erkennen. Aber auch das war schier unmöglich, da die Reflexion der Fensterscheibe einfach zu stark war. Zudem schimmerte dahinter ein herabgelassenes Rollo durch. Es nutzte nichts. Wenn Lukas die sich selbst eingebrockte Stimmung loswerden wollte, müsste er sich wohl oder Übel in die Höhle des Löwen begeben. Unter einem Vorwand wollte er einfach drüben klingeln. Er würde belanglos anfragen, ob in der Nachbarschaft auch der Strom ausgefallen wäre. Nach einer weiteren halben Stunde fasste er sich endlich ein Herz und verließ sein Haus. Nunmehr entschlossenen Schrittes überquerte er die Straße, machte kurz vor dem kaputten Gartentor Halt und trat dann ein. Keine Spur von einem Hund. Komisch, ging es Lukas durch den Sinn, so schnell von dort nach hier zu kommen, nach den vermeintlich so unüberwindbaren Tagen der Distanz. Ehe er es sich noch einmal anders überlegen konnte, stand er auch schon vor der Haustür. Das Herz schlug ihm bis zum Hals, als er die Glocke betätigte. Ihr Geräusch drang leise nach außen und hatte einen angenehmen Klang, welcher so gar nicht zu dem passte, was Lukas auf sich zukommen sah.

„Wer ist da?"

Lukas erschrak ob der spontanen Reaktion aus dem Hausinneren auf sein Anklingeln unter der gleichzeitigen Erleichterung darüber, dass die Nachbarin offensichtlich lebte. Ihre Stimme klang dennoch schwach.

„Em ... ich bin Ihr Nachbar von gegenüber ... ich wollte nicht stören und nur fragen ob ..."

„Kommen Sie bitte herein", wurde Lukas unterbrochen, „die Tür ist offen."

In seiner Aufregung war es ihm entgangen, dass die Haustür nur angelehnt war. Vorsichtig drückte er sie nun auf und wagte sich langsam über die Schwelle.

„Hier, hier drüben bin ich." Die Stimme lotste Lukas in den nicht besonders hellen Flur und dann gleich um die Ecke ins offensichtliche Wohnzimmer des Hauses. Durch das Fensterrollo drang nur wenig Licht, und unter dem Unbehagen, gleich könnte ihm aus einer Ecke das Riesentier entgegen springen, trat Lukas ein.

„Setzen Sie sich doch ... wenn Sie möchten ... auf einen der Sessel," kam es ein wenig verunsichert vom Sofa an der Wand. Dort lag die Nachbarin in eine Decke gehüllt und mit einer Art Kühlbeutel auf der Stirn. Sie blickte ihren unerwarteten Besuch verwundert unter einem entgegenkommenden Lächeln an.

„Die Tür lässt sich nicht schließen, müssen Sie wissen. Ich habe schon einen Schlosser bestellt, aber der lässt auf sich warten. - Hat Sie etwa das Martinshorn heute früh aus dem Schlaf gerissen? - Das täte mir wirklich Leid."

,Die hat einen Nerv', dachte Lukas, ,das Martinshorn.' Er schaute sich kurz um und nahm dann in einem ziemlich gammligen aber weichen Sessel Platz. So unaufgeräumt, wie der neugierige Besuch sich das vorgestellt hatte, war es eigentlich nicht. Einige Dinge, vor allem Bücher, Papier und Zeitschriften, lagen etwas umher, aber eher so, als ob jemand versucht hätte, Ordnung ins Zimmer zu bringen; und die Frau auf dem Sofa schien gar nicht mehr so füllig, wie Lukas sie von Ferne und beiläufiger Betrachtung in Erinnerung hatte, wenn sie sich hier und da blicken ließ. Auch roch es entgegen seiner Erwartung nicht nach Zigarettenrauch im Zimmer, sondern nach einer Mischung aus Pfefferminz und Zitrone. „Nein", gab er seinem Gegenüber zu verstehen, „den Krankenwagen habe ich gar nicht mitbekommen ... em ... tut mir wirklich Leid."

Die Frau nahm sich den Kühlbeutel von der Stirn und begab sich langsam in eine aufrechte Position. „Was führt Sie dann zu mir?", und sie knipste ein Lämpchen auf dem Couchtisch neben sich an.

„Der ... der Strom ... ja, em ... ich wollte fragen, ob der bei Ihnen heute morgen auch weg war", gab Lukas verlegen vor.

„Offensichtlich nicht", kam es durch ein bemühtes Lächeln hindurch zurück. „Klein, Margarete Klein heiße ich."

Ein bisschen von der plötzlichen Erhellung des Gesichts der Nachbarin und ihrer Willkommensgeste überrumpelt, erwiderte Lukas ihren ausgestreckten Arm zum Begrüßungshandschlag. Sie war vielleicht ein paar Jahre älter als er. „Lukas Groß," stellte er sich vor, und beide mussten spontan über den Gegensatz in ihren Nachnamen lachen.

Die anfänglich befangene Stimmung löste sich, auch nicht zuletzt da sich Nachbar und Nachbarin nun Aug in Aug gegenüber saßen.

„Ich muss mich nochmal entschuldigen", fuhr Frau Klein dann fort, und Lukas erwartete nun die Rechtfertigung für das permanente Hundegebell. Aber er wurde enttäuscht. „Ich wollte mich längst schon in der Nachbarschaft vorstellen, wie man das so macht. Aber ich habe es noch nicht auf die Reihe gebracht. Peinlich eigentlich ... nach so vielen Monaten."

„Ach", winkte Lukas teils gelöst, teils in Erwartung weiterer Erkenntnisse ab, „die meisten Nachbarn leben ohnehin mehr so für sich in dieser Straße."

„Ja, ist mir auch schon aufgefallen."

Beidseitiges Nicken überbrückte die kurze, folgende Stille.

„Tja ... und ... und Ihr Hund?", preschte Lukas dann mit seinem eigentlichen Anliegen vor.

„Mein Hund? - Welchen Hund meinen Sie? - Den da drüben? Das ist Alex." Frau Klein zeigte in die Ecke neben dem Wohnzimmerfenster.

Lukas verschlug es die Sprache, denn dort, wohin seine Nachbarin wies, saß das Tier schließlich - wohl schon die ganze Zeit, regungslos, wie erstarrt. „Oha ... ja ... den meine ich ... em ... ist der ...?"

„Ausgestopft - richtig", vervollständigte Frau Klein Lukas' Gedanken. „Woher wissen Sie von Ihm? - Ist er von außen gut zu sehen? - Dann scheint er ja seine Aufgabe nicht zu verfehlen."

„Em ... durch das Fenster, ja", stammelte der ungläubig Dreinschauende. Allmählich ging Lukas ein Licht auf, dass er durch das Fenster seiner Nachbarin eben nicht deren Silhouette dort hatte immer sitzen sehen. „Wie ... wie geht das?"

„Ausstopfen?"

„Nein ... ich meine ... ja ... irgendwie."

„Das ist schon lange her. Ich mag eigentlich keine Hunde. Alex war wohl ein treues Tier, und er gehörte meiner Nachbarin in England. So ruhig war er, hat nie auch nur einen Laut von sich gegeben. Meine Nachbarin sagte immer, dass er sich sein Bellen wohl für ein Leben danach aufbewahren wollte. Der war echt durch nichts aus der Ruhe zu bringen. - Tja, und dann wurde er irgendwann krank, und sie musste ihn wenig später einschläfern und auf Bitten ihrer Mutter ausstopfen lassen. Die alte Frau hing sehr an dem Tier. Sie starb schon kurz danach. Und als ich dann hier her gezogen bin, hat meine Nachbarin mir die tierische Statue geschenkt. Ihr war diese Art der Erinnerung zu unheimlich. Ich nahm ihn gerne an mich. Ist ein prima Einbruchsschutz, finden Sie nicht? "

„Aha ...hm" Lukas nickte nachdenklich. Er dachte an sein nächtliches Experiment zurück. „Und sonst geht es Ihnen aber gut ... ich meine wegen dem Krankenwagen und so."

„Puh - Ja, doch jetzt wieder." Frau Klein rieb sich die Stirn. „Es war nur heute Nacht besonders schlimm. Ich leide unter Migräne, schon immer. Aber diesmal hat es mich echt umgehauen; so plötzlich und so heftig, dass ich mir nicht mehr zu helfen wusste. Der Notarzt hat mir dann ein Mittel gespritzt. - Ich glaube, das hat auch alles mit dem Stress des Umzugs und der Beerdigung meiner Eltern zu tun."

Lukas biss sich von seinem aufkommenden schlechten Gewissen animiert nervös auf der Unterlippe herum. „Tut mir Leid; verstehe ... verstehe - das Rentnerpaar, das hier lebte?"

„Genau. Ich bin nach ihrem Tod aus England hier herübergekommen. Konnte mich nie viel um sie kümmern, das plagt mich schon. Na ja, schließlich kam viel zusammmen, und nach dem Umzug ist mir so einiges über den Kopf gewachsen."

„Und ... der Hund ist wirklich schon lange tot?", hakte Lukas noch einmal nach.

„Ja sicher. Fünf Jahre bestimmt. - Was haben Sie mit dem Hund? - Gefällt er Ihnen?"

Lukas winkte ab. „Nee ... ich dachte nur, ich hätte in Ihrem Garten mal eine andere Tö... also Hund rumlaufen sehen ...“

Frau Klein lächelte ihr Vis-a-Vis süffisant an. „Sie mögen auch keine Hunde, stimmt's?“

„Ich? Doch ... nein ... wieso?“

„Keine Sorge ... ich kann Ihnen versichern, dass ich hier genug mit mir und meiner Arbeit zu tun habe. Ein echter Vierbeiner wäre mir nur eine Last. Ich bin freie Übersetzerin, und ich hänge bedingt durch die Umstände mittlerweile einigen Aufträgen hinterher. Da habe ich kaum einen Nerv für ein Haustier.“

Lukas staunte nicht schlecht, als er so unvermittelt vom Beruf seiner Nachbarin erfuhr, und seine Kinnlade löste sich aus der mimischen Verspannung. „Ich bin ebenfalls Übersetzer - allerdings von einem etwas kleineren Kaliber, wenn ich mich hier so bei Ihnen umschaue.“

„Das ist ja ein Ding“, entgegnete die von Kopfschmerz Geplagte aufgeheitert, als wenn sich ihre Pein mit einem Mal vollständig verflüchtigt hätte. „Lust auf einen starken Kaffee?“

Bestimmt eine geschlagene Stunde saßen sich die beiden so unvermittelt offenbarten Berufskollegen mit ihren Kaffeetassen fachsimpelnd gegenüber. Sie waren derart in ihr gemeinsames Element vertieft, dass Lukas beinahe die Zeit darüber vergaß. Dann verabschiedete er sich, nicht ohne Frau Klein seine Hilfe im Garten anzubieten ... kostenfrei natürlich.

Zurück in seinem Arbeitszimmer, ließ Lukas zu aller erst die Überreste seines Zauberversuchs verschwinden. Das Bildchen, das immer noch an der Kerze aufgespießt war, verbrannte er sicherheitshalber in der Toilette, derweil er die anderen Utensilien im Mülleimer versenkte. Dann ließ er sich erleichtert auf sein Bett fallen, wenngleich es ihn nachträglich noch ein wenig gruselte. Dort verdöste er den ganzen Nachmittag, ohne ein einziges Mal durch das Gebell eines Hundes aufgeschreckt zu werden. Später wollte er den Auftraggeber wegen des übersetzten Voodoo-Essays noch anrufen, um diesen über den Abschluss der Arbeit zu informieren. Während Lukas noch einen Tag zuvor mit dem Mann telefonisch etwas abgesprochen hatte, kam nun vom anderen Ende der Leitung lediglich der Hinweis, dass unter der gewählten Nummer niemand registriert sei. Lukas stutzte, und er versuchte es in den folgenden Stunden noch ein paar Mal - immer mit dem gleichen Ergebnis. Auch an den folgenden Tagen, an denen der Übersetzer ungestört seiner Arbeit nachkommen konnte, fehlte von dem ominösen Auftraggeber jede Spur. Unheimlich war das schon, wie Lukas fand, insbesondere im Zusammenhang mit dem kürzlich Erlebten; und so beschloss er nach einer weiteren Woche, das ganze Manuskript mitsamt der Übersetzung tief in seinen Akten im Keller zu vergraben. Unterdessen entwickelte sich die Bekanntschaft mit seiner Kollegin von Gegenüber freundschaftlich weiter. Noch ahnte Lukas nicht, dass sich aus den gelegentlichen Kaffeestunden und gemeinsamen Gartenarbeiten schon ein Jahr später das Übersetzungsbüro Klein & Groß etablieren würde.

Stuhlkreis

> Schluss jetzt!

>> Genau!

> Wir müssen handeln.

>> Meine Rede.

> Also, ich schlage vor, ... dass ...

>> Finde ich gut, dass Sie gleich ins Eingemachte gehen.

> Ähm, was?

>> Ja.

> Also, wo war ich?

>> Sie wollten etwas vorschlagen.

> Moment, nur keine unbedachten Schritte. Wie wäre es, wenn wir uns erst einmal hinsetzten?

>> Gute Idee. Schon besser. Auf Augenhöhe.

> Darum geht es nicht.

>> Warum sitzen wir dann?

> Diese Frage ist ja wohl leicht provokativ.

>> Die Frage ist ernst gemeint.

> Gehen Sie mir weg. - Es ist bequemer; reicht das? - Außerdem sitzen wir nicht auf Augenhöhe.

>> Aha, wir kommen uns also in der Sache näher; wir könnten an den Stühlen drehen, um auf Augenhöhe zu sitzen.

> Da sind sie wieder, diese voreiligen Schritte.

>> Gut. Dann wäre das erst mal vom Tisch?

> Ja, wenn wir einen hätten. - Utopisch.

>> Wohin also damit? Drunter fallen lassen, geht ja schlecht. Wäre zu offensichtlich.

> Kleiner Vertuscher, was?

>> Lassen Sie uns bei der Sache bleiben.

> Meine Rede.

>> Also doch Augenhöhe?

> Ich komme Ihnen entgegen.

>> Ehrlich? So richtig am Stuhl drehen?

> Hören Sie auf mit solchem Populismus. - Wir werden beide aufstehen und an der Sache wachsen. Der eine weniger, der andere mehr.

>> Und dann?

> Dann muss sich das erst mal langsam setzen …

Offenbarung in einem Sarg

Die entfesselnde Geschichte über das unausweichliche Schicksal eines zu Tode introvertierten Totengräbers.

Exposee über einen 500-seitigen Leidensweg.

Der in seinem Arbeitsumfeld als äußerst unauffällig und lethargisch bekannte Totengräber Tom wird nach dem Probeliegen für die neue Sargkollektion irrtümlich über Nacht in einem Sarg vergessen. Er ist ein Träumer, und aufgrund seiner unscheinbaren Persönlichkeit sieht er seinem Schicksal gelassen und ohne Murren entgegen. Doch hat er nicht mit seinem Überlebenswillen gerechnet; und unter der Entdeckung verschiedener Zustände in seiner eingepassten Lage entwickelt jener Wille ein ihn beängstigendes Eigenleben. Muss er es wirklich schaffen und dem Sarg entkommen, so als ob nichts geschehen wäre?

Ein wenig überrascht über die plötzliche Dunkelheit um ihn herum, horcht Tom zunächst auf. Allerdings liegt er dermaßen bequem in dem Luxussarg, dass es ihm leichtfällt, zurück in seine Tagträume zu versinken. Doch die Anschmiegsamkeit der Bettung zusammen mit der sedierenden Wirkung holziger Ausdünstung ist trügerisch. Als Toms Hand in der Hosentasche unwillkürlich zuckt, spürt der Dahindämmernde die hautnahe Bedrohung der Ruhe durch seinen mitgeführten Schraubenzieher. Unweigerlich schießen Tom dabei Ideen zur Befreiung aus der Kiste mittels diesem Werkzeug durch den Kopf. Jetzt heißt es für ihn ,alles oder nichts.'

Tom konzentriert sich im Laufe seiner körperlichen Geschehnisse darauf, den beiläufigen Berührungen des unbequemen Gegenstands in seiner Faust zu entgehen. Es scheint wie ein Kampf mit den Elementen seiner selbst. Einerseits scheut er die Gegenüberstellung weiterer Gegenständlichkeit, andererseits muss er handeln, um das unheimliche Gefühl in der Hosentasche zu eliminieren. Schließlich kann er Finger und Handfläche freilegen. Zugleich aber drückt er mit der Schulter dabei unbedacht gegen sein Holzgehege. Die Auswirkungen auf sein Körpergefühl sind desaströs und drohen sich durch alle Glieder fortzusetzen. Handeln kann von nun an definitiv nicht länger das Mittel Wahl sein, zudem dies vollends von Toms Geist Besitz ergreifen und ihm seine missliche Lage zu spüren geben könnte.

Zum Ende seiner nervenaufreibenden Ruheanstrengungen kommt Tom auf die zündende Idee, neben einer fortan völligen Regungslosigkeit seinen mittlerweile auffälligen Atem so flach wie möglich zu halten. Anfangs muss er sich zwingen, aber nach ein paar vergessenen Atemzügen spürt Tom selbst das schicksalsträchtige Werkzeug in seiner Hose nicht mehr. Eine Ewigkeit zwischen Zittern und Bangen streicht so dahin, bis sie ihm fast vergeht. Die lang ersehnte Ruhe steht schon unmittelbar bevor, da holt Toms Körper unerwartet zu einem vernichtenden Gegenschlag aus. Nichts scheint ihn jetzt halten zu können. Und unter weit aufgerissenen Augen keucht der Gebeutelte sich seinem Schicksal entgegen.

Auch diese letzten Wallungen versiegen schließlich, und Tom findet sich noch immer. Dennoch scheint ihm gleichermaßen alles egal. Er weiß nicht, ob er tot ist oder geblieben, wie er war. Allein das feucht-warme Gefühl, das sich unerwartet zwischen Toms Beinen ausbreitet, lässt den einsamen Protagonisten aus seiner finalen Lethargie noch einmal hochschnellen. - Und er stößt sich nicht den Kopf, denn der Sarg ist nicht geschlossen.

Wieso ich

Was soll das heißen? ‚Nun bist du also da, also mach das Beste draus.‘ Ich habe mich nicht freiwillig gemeldet und erst recht nicht vorgedrängelt. Und da soll ich von jetzt auf gleich das Beste daraus machen? Was bildet sich überhaupt dieses Beste ein, dass es mich versuchen könnte, mir seinesgleichen daraus zu machen? Mir scheint, da definiert sich etwas als das Beste, nur weil es prinzipiell eher da war als ich. Die Tatsache, dass ich ungefragt existiere, reicht ja wohl schon. Also soll das Beste klar damit kommen; ich selber brauchte mich bisher nicht.

Selbstverantwortung? Ich? Was für eine Anmaßung. Diesen Ball lasse ich mir nicht zuwerfen: Zuerst werde ich zwangs-existenzialisiert, und jetzt soll ich dafür auch noch geradestehen. Überhaupt, was ist ‚jetzt‘ schon in Anbetracht dessen, was war und sein wird, so wie ich es niemals verinnerlichen werde? Ich bin und werde sein, solange es sein muss. Das einzige, was mir den Kopf zermartert, ist die Frage: Womit habe ich das verdient?

Ein Privileg? Zu was? Zu was bitteschön ist das Leben ein Privileg? Der einzige Unterschied zu allem anderen, wie ich im Moment gezwungen werde, es zu sehen, ist der, dass man permanent versucht, eben diesem Leben den Rest der Welt an den Hals zu hängen, um es überhaupt zu legitimieren, während alles andere sich einfach hängen lässt - ungestraft und selbstredend. Da frage ich mich, wer, oder anders gesagt, was es wohl eher besser hat als dieses sogenannte arrogante Beste. Letzteres wird mir allmählich ganz schön unheimlich und unsympathisch. Es sollte erst einmal mit gutem Beispiel vorangehen und zeigen, was es denn so außergewöhnlich macht, auf seinen Spuren zu wandeln. - Und kommt mir jetzt nicht mit Gott, den habe ich mir auch nicht selbst aufgezwungen.

Ich stelle zu viele Fragen? - Natürlich. Das ist die Antwort auf alles oder wie? Von wem eigentlich? Ach ja, ich vergaß, vom Besten natürlich höchst persönlich - immer schön undifferenziert, Träume zur Gewissheit schwärmend, Gut und Böse unterscheidend. - ‚Teile und herrsche‘, nenne ich so etwas, ‚Teile und Herrsche‘ eines selbstsüchtigen Prinzips. Was das Beste wohl machen würde, wenn es alleine im Raum stehen würde. Stell dir vor, da ist das Beste, und keiner zeigt Interesse daran. Es würde wahrscheinlich trotzdem ignorant am Dasein vorbei sinnlos alles Mögliche kurzzeitig beleben; alles Mögliche, welches nichts von diesem Besten zurück in die Versenkung mitnehmen könnte. Ganz großes Daumenkino.

Nun ja, dann gebe ich dem Besten den gleichen Rat, den man mir gab: Es ist ja nun einmal da. Dann soll es auch selbstverantwortlich bleiben und nicht Gefahr laufen, schlechter zu werden, weil sich jemand eines Tages an ihm zu schaffen macht, um an ihm zu wachsen und womöglich besser zu werden. - Ich für meinen Teil werde einfach sein - ob gut oder schlecht, sei dahingestellt, weil es so ist - Punkt. Vielleicht erlebe ich ja dann, wie das Beste noch eines Besseren belehrt wird; hoffentlich von etwas, das Allgemeinplätze vorher um Individualisierung fragt, anstatt diese mit sich zu willfährigen Fragwürdigkeiten zu überziehen.

Karl und Heinz

Es war soweit. An diesem Tag musste Karl um acht Uhr zum Zahnarzt - mit Heinz. Was er, oder in seinem Sinne besser gesagt ‚sie' auf die lange Bank geschoben hatten, ließ sich nun nicht mehr aufschieben. Zum einen füllten da die mittlerweile unsäglichen Schmerzen das ansonsten große Maul kleinlaut aus, und zum anderen war der Zahnarzttermin, nurmehr eine Stunde von der Angst entfernt, so etwas wie eine abgemachte Sache; denn eine Strafgebühr wegen zu kurzfristiger Absage wollte Karl Heinz zu Zeiten knapper Kasse auf keinen Fall zumuten. Wortlos und mit angesäuerter Mimik ließ der phobische Patient ein paar Pflichtbrocken des lieblos aufgetischten Toasts mit den zickig-giftigen Ruinen in seinem Mund um möglichst schmerzarme Schlucke feilschen. Heinz würde vielleicht auf dem medizinischen Folterstuhl unter den grauenvollen Instrumenten untergehen, sich aber niemals die Blöße geben wollen, Karl schon vorher zum erneuten Aufgeben des seit Jahren immer wieder angeleierten Brimboriums zu bewegen, nämlich durch eine Hunger bedingte Ohnmacht im Wartezimmer vor allen Leuten. Solch plötzlicher Einsamkeit ausgesetzt zu sein, war so ziemlich das Schlimmste, was die beiden hilflos einen würde.

Während Heinz so zumindest mit dem Gefühl einer gewissen Grundstabilität seinem Schicksal vom Frühstückstisch aus entgegen kauerte, war es Karl angesichts der sich zuspitzenden Zwangslage bereits satt, die allmorgendlichen Verrichtungen vor dem Verlassen der Wohnung an diesem Tag abzuarbeiten. Toilettengang, Duschen, Rasieren und Umziehen - diese Routinen nutzte er üblicherweise besonders gerne zum Stelldichein mit Heinz, die anstehenden Dinge des Tages ausführlich zu diskutieren. Und in Heinz hatte er stets einen verlässlichen Ideologen an seiner Seite, Leid und Freude den Tag absichernd auszuloten. Heute war Karl da eher auf sich alleine gestellt, und er wunderte sich, wie verhältnismäßig egal ihm sein Durchfall war, angesichts Heinz' schmerzumwobener Fantasien. ‚Wenn doch nur schon Abend wäre', ging es Karl flüchtig durch den

43

Kopf; zwei, drei, vier Bierchen in geselliger Runde und die Welt wäre wieder in Ordnung. Heinz sinnierte kurz dazu vor sich hin. Wie von einer aufkommenden Schmerzfreiheit beseelt, zeichnete sich die am Abend in der Kneipe zu berichtende Geschichte vom gewalttätigen Abenteuer beim Zahnklempner in ihm ab. Seine Miene erhellte sich mit einem Mal. Die Schmerzen waren wie weggeblasen vom Gedanken, den Tag bis dahin erneut mit einem ordentlichen Schmerzmittel-Cocktail zu überlisten und zum Lohn für die medikamentöse Belastung später alkoholisch wie redselig über die Stränge zu schlagen.

‚Los jetzt!' Mit einem Ruck vom Tisch löste Karl die missglückte Frühstücksverschwörung auf. Heinz wurde erneut von einem hinterhältigen Stich quer durch den Kiefer aus seinem Wunschtraum gerissen, so wie ein Tonarm ruppig von der Schallplatte. „Nutzt ja nichts", ging Karl sein Spiegelbild an, als er sich vom korrekt sitzenden Kragen seines Hemdes überzeugte. „Solch ferne Zukunft genüsslicher Entspannung muss sich unsereins wohl erst gemeinschaftlich mit dem bevorstehenden Gang nach Zahnossa erschuften."

„Sie müssen sich doch mittlerweile fühlen wie nicht von dieser Welt", lächelte die Zahnarzthelferin mitleidvoll, als Karl Heinz verstohlen über die Schwelle der Praxistür drängte. Zum ersten Mal bekam die Dame, welche der Zauderheld zuvor regelmäßig und meist kurzfristig mit einer vollmundigen Ausredevielfalt versetzt hatte, ein Gesicht. Sie sah süß aus; zu süß, wie Heinz überlegte, um eine solche Gelegenheit ungenutzt verstreichen zu lassen. So könnte er ihr Antlitz auf dem Stuhl des Schreckens immerhin ausführlich unter neckischen Vorstellungen betrachten - ohne ein Alibi auf der Zunge haben zu müssen, sein Glotzen zu begründen. Heinz zog Karl hinter sich her zum Anmeldetresen; sonst war es eher Karl, der ihn vorschob. „Schwindler", kam es wie aus einem Mund, „Ka'l'eins Schwindler - Also Karl ist mein Rufname." Karl übernahm unvermittelt die weitere Verhandlung mit seinem Gegenüber hinter dem Tresen. „Ich habe einen Termin." Er merkte schon, wie sich Heinz unter Karls Forschheit ein wenig zurückgesetzt fühlte und befürchtete, dieser würde ihm jetzt zu Beginn der Stunde der Wahrheit gedankenlos den Rücken kehren. „Nee, jetzt bleib bei mir", stammelte Karl in die sich zuspitzende Situation hinein, „nicht abhauen."

„Wie meinen Sie?", kam es irritiert von der Arzthelferin zurück. „Sie brauchen keine Angst zu haben, ich bringe sie direkt ins Sprechzimmer."

Karl schluckte laut, und Heinz tat es ihm um ein Vielfaches gleich. „Wie jetzt? Keine Wartezimmer-Galgenfrist?"

„Na, Sie haben glaube ich, lange genug gewartet, da wollen wir Sie doch nicht unnötig auf die Folter spannen."

Soviel Sarkasmus hätte selbst der kurzfristig verschossene Heinz nicht von dem süßen Gesicht erwartet. Erneut schoss der Schmerz mit aller Wucht ein. „Das haste jetzt davon", hämmerte Heinz Karl in den Kopf. Und als dieser schlussendlich von der Sprechstundenhilfe in eine unwiderstehliche Liegeposition gebracht wurde, war es um Heinz geschehen. Er sah in zwei kalte Augen über einer weißen Schutzmaske, schwor jeder weiteren Unterstützung ab und überließ Karl seinem sehnlichsten Wunsch, vom Schmerz endlich befreit zu werden.

Charakterintimität

> Sie sehen ein wenig blass aus.

>> Wer sind Sie? Was wollen Sie? - Ich bin ein Charakter.

> Ich bin ein Leser.

>> Sie kommen mir aber gehörig nahe. Gehört sich so etwas?

> Ihr Schöpfer hat mich dazu aufgefordert.

>> Natürlich, als ob der über mein Dasein verfügen dürfte.

> An Selbstbewusstsein mangelt es Ihnen wohl nicht. - Schließlich hat er Sie kreiert, zugegebener Maßen recht schemenhaft; Ihre Silhouette sah von Weitem schon einladender aus - aber bei näherer Betrachtung ... Sicher, Sie können nichts dafür.

>> Schon einladender; ja, ja. In wessen Sinne? - Sie sind nicht besser als er und weiß Gott nicht der einzige, der mich betrachtet.

> Wie meinen Sie?

>> Erstens steht es meinem Schöpfer und Ihnen gar nicht zu, mir einfach plump auf die Pelle zu rücken; denn zweitens entscheide alleine ich, wie sehr ich mich in anderer Leute Köpfe prostituiere ... Mein Schöpfer ist nur verantwortlich dafür, dass ich da bin ... welch eine Kunst ... Kinder machen kann jeder ... hüten auch ... aber wachsen müssen sie von alleine.

> Ausdrücken können Sie sich, das muss man Ihnen lassen. - Haben Sie das von Ihrem Schöpfer?

>> Das hätte er bestimmt gerne ... aber ich drücke mich jetzt so aus, wie ich zu Ihnen spreche. Soll er doch mit meiner Hülle anstellen, was er denkt ... ob er etwas über mich erzählt oder mich einfach nur vorführt, ist mir gleich. Ich bestehe in und auf meinem Eigenleben, wenn ich mit anderen kommuniziere - und das umso mehr, je mehr mir dieser Schöpfer zwanghaft Eigenschaften anhängt. Ich weise sie zwar nicht von mir, aber ich bin mehr als diese ... denn was über mich geschrieben steht, spottet jedem Tiefsinn dessen, was ich sein könnte.

> Mein Gott, Ideale, schön und gut. - Aber für wen, für was existieren Sie dann noch - wenn Sie Ihr Eigenleben führen, während Ihre Gestalt über Sie hinweg niedergeschrieben wird? Dann sind Sie nur ein Niemand, ein willenloser Niemand, dessen Darstellung alleine alle Welt für ihr Amüsement missbraucht.

>> Darstellung? - Der Versuch einer Bloßstellung träfe es eher. - In der Arroganz wird Ignoranz zum Kavaliersdelikt, wie? - Haben Sie schon einmal etwas von Intimität gehört?

> Ich bitte Sie, das ist doch albern. Ihr ganzes Leben, beginnt mit der Geschichte und endet mit ihr. Da sollte Ihnen doch wirklich daran gelegen sein, Ihre kurze Zeit zu nutzen, sich in Ihrem eigenen Sinne und im Sinne aller so zu offenbaren, wie sie erschaffen wurden: Helfen Sie ihrem Schöpfer, wenn Sie schon so eigenwillig sein wollen, doch ein wenig auf die Sprünge. Verdrehen Sie ihm den Kopf. Sie haben schließlich nichts zu verbergen ... und damit alles in der Hand.

>> Mein höchstes Glück in meines Schöpfers Sinn und Sinnen, oder was? - Sie haben nichts begriffen. Es geht MIR nicht darum, eine Rolle zu spielen, es geht MIR nur um MEINE Wirklichkeit. Eine Wirklichkeit, die sich von weitaus mehr nährt, als Zusammenhänge ihr andichten können, nämlich von den Philosophien indivi-

dueller Vielfalt. Ich bin da - aber was ich bin, entscheidet nicht mein Schöpfer, auch wenn ich nur in Köpfen existiere.

> Machen Sie es mir doch nicht unnötig schwer. - Was glauben Sie, warum ich versuche, so nahe an Sie heranzukommen. Ihrem Schöpfer zuliebe tue ich das bestimmt nicht - hat der gar nicht verdient, so schludrig, wie der gearbeitet hat. - Na? - Dämmert's? -

>> Dann scheinen Sie in der Tat interessiert, aber doch auch wieder nur in Erwartung dessen, was Sie von mir unmöglich verlangen können, nämlich es Ihnen nicht schwer zu machen. - Nein, Sie können gar nicht an mir selbst interessiert sein. Das ist einfach nicht einheitlich definierbar und zu umfassend, als dass ich es selber so mir nichts dir nichts von mir preisgeben könnte. Dann wäre ich nämlich nicht mehr ich, sondern der willenlose Niemand, von dem Sie sprachen. - Und, bei allem Respekt, das Allermeiste von mir selbst stünde Ihnen einfach nicht zu, zu verstehen, weil es nur mich und andere etwas anginge. - Sie wollen es einfacher haben? Dann wenden Sie sich an meinen Schöpfer. Vielleicht fällt ihm ja etwas mehr über mich ein, wenn Sie mit ihm über mich diskutieren. Solange ihr es für euch behaltet, wäre das für mich auch in Ordnung, wenngleich nicht existenziell. Ich kann nicht aus meiner Haut und für Sie nicht mehr aus mir machen, als ich augenblicklich bin. Und jetzt bitte ich Sie, sich Ihren Teil zu denken, wie auch immer, und mich wieder mit etwas Abstand zu betrachten ... das täte mir wahrlich gut und ist wohl das Mindeste und Einzige, was ich zum Wachsen erwarten darf – zu einem Wachsen im Spielraum meiner Geschichte. Und wer weiß, was Sie dann noch alles erfahren würden.

Apfelmus

Es schien nicht gut bestellt um die Apfelernte in diesem Jahr. Noch missmutiger als sonst stand Bauer Moser am Fenster und betrachtete sich den riesigen Apfelbaum in seinem Garten. Der Sommer war regnerisch, und die Sonne zeigte sich nur selten in ihrer jahreszeitlichen Hochform. Der Baum war alles, was Moser geblieben war, nachdem er sein ehemaliges Apfelbaumfeld auf der anderen Seite des Gartens an die Stadt hatte verkaufen müssen. An der Stelle, wo er bis vor ein paar Jahren noch gute Ernten eingefahren hatte, lockte nunmehr ein riesiger Obstmarkt die Kunden. Dort war es einfach billiger, obgleich die Qualität der Äpfel bei weitem nicht an Mosers Früchte heran reichte. Immerhin warf der letzte Baum im Garten regelmäßig einige Eimer voll ab. Aber das zu verkaufen, lohnte sich kaum, und so schenkte der schrullige Bauer die Äpfel den Kindern und Familien in der Nachbarschaft. Sie waren froh darum, sich dem Diktat der Fruchtindustrie nicht beugen zu müssen. Die einzige Bedingung, die Herr Moser stellte, war, dass die Leute sich die Äpfel selbst pflückten und keine Äste dabei abbrachen. Letzteres war ihm besonders wichtig; und er drohte den zumeist jungen Pflückern mit einem Augenzwinkern in seinem ernsten Gesicht, Apfelmus aus ihnen zu machen, wenn sie seinem Baum weh täten. Insbesondere Thomas, der Junge aus dem Haus gleich nebenan, erschien zur Erntezeit regelmäßig mit einem Eimer vor Mosers Haus. Thomas liebte Äpfel, besonders die ganz großen am Baum des Nachbargartens.

Wie Bauer Moser so daran dachte, wie alles gekommen war, schellte es an der Haustür. Als wenn die Gedanken des verbitterten Mannes den Jungen herbei gerufen hätten, war es wieder einmal Thomas, der erwartungsvoll auf der Matte stand, als sein Nachbar ihm öffnete. „Dann mal ab in den Garten", schob er Thomas vor sich her. „Und du weißt ja ...", gab er ihm mit erhobenem Zeigefinger auf dem Weg zum Baum zu verstehen.

Mit der Warnung im Hinterkopf machte sich der kleine Apfelfreund gleich daran, die Äpfel an den unteren Zweigen zu pflücken. Die schönsten waren es in diesem Jahr wirklich nicht; entweder nicht richtig reif, oder schon angematscht. Der Junge überlegte, ob es sich überhaupt lohnte, weiter zu pflücken, bis er einige Äste über sich ein paar wenige, dafür aber umso schönere Exemplare entdeckte. Dadurch angespornt, machte er sich daran, auf den Baum zu klettern - ein wenig übermütig vielleicht; und als er sich mit den Füßen vom untersten Ast abstoßen wollte, gab dieser nach und brach krachend aus dem Stamm. Thomas hielt inne, sprang hinunter und betrachtete sich das Malheur. Der Ast hing noch zur Hälfte im Astloch, und es sah so aus, als wenn er schon vor der Kletteraktion angebrochen war. Aber so, wie der Ast nun da hing, war es zu auffällig, als dass der Bauer darüber hinweg sehen würde. Wenn Thomas das nicht schleunigst änderte, würde Moser Apfelmus aus ihm machen.

Thomas' Bemühungen, den Ast wieder ein wenig zurecht zu biegen, waren kaum von Erfolg gekrönt. Schon hörte er die schweren Schritte des Bauern hinter sich; und noch ehe der Junge sich erklären konnte, wetterte der Mann auch schon los. „Was habe ich euch eingetrichtert? Hmm?" Und so gewaltig sich Mosers zornentbranntes Gesicht auch dem Kind präsentierte, so sanft nahm sich der Bauer des abgebrochenen Astes an.

„Aber Herr Moser", rechtfertigte sich Thomas, „der Ast war schon angebrochen - ehrlich!"

„Unsinn! Dann hätte ich ihn schon längst entfernt - Außerdem müsste es hier drin Krabbelviehcher geben." Noch immer sichtlich verärgert riss der Bauer den Ast schließlich ab und bohrte fahrig mit einem Messer in dem klaffenden Astloch herum.

Thomas stand kleinlaut daneben. „Aber da ... da sind doch ein paar Käfer."

„Ach was. Alles totes Zeugs aus der Rinde. - Hier, schau."

Der verängstigte Junge stellte sich vor, wie er wohl gleich zu Apfelmus verarbeitet würde. Dann aber erhellte sich sein Gesicht mit einem Schlag: „Sie lebt!", jubelte Thomas, als er die kleine Made aus dem Loch krabbeln sah. „Da gucken Sie!"

„Was? Wo?" Ungläubig folgte der Bauer dem erfreuten Ausruf seines Besuchers und betrachtete sich die Bruchstelle genauer. „Wahrhaftig!" Nach und nach zeigten sich noch weitere Würmchen, welche nicht erst seit ein paar Minuten dort nisten konnten. Nunmehr verlegen ließ Herr Moser von dem Astloch ab, steckte sein Messer ein, räusperte sich und strich Thomas über den Kopf.

„Kein Apfelmus?", traute sich der Kleine vorsichtig zu fragen.

„Und ob!", tönte Moser und schnaufte scherzhaft gewaltig durch, „bei mir auf der Veranda für uns beide mit einer großen Portion Sahne."

Überzogen

> Manchmal stülpt mir unterschwellig jemand getragene Socken über.

>> *Es stinkt mir, dass du überall deine bloße Ansicht vertrittst ...*

> Manchmal setzt mir überheblich jemand einen alten Hut auf.

>> *... und dass du dir einen Kopf um Selbstverständlichkeiten machst ...*

> Manchmal passt mir jemand hinterrücks eine Zwangsjacke an.

>> *... auch dass du so armselig auf das Naheliegende zurückgreifst ...*

> Manchmal schreit mir jemand einen Maulkorb direkt ins Gesicht.

>> *... und in so gottverdammten Rätseln sprichst!*

> Manchmal bin ich von Borniertheit umgeben, die nicht weiß, wohin mit sich.

~ ~ ~

Drei Affen

Um die drei Affen, die nichts hören, noch sehen oder sagen wollen, ist es dunkel und still geworden. Vorsichtig lüftet der erste Affe, als er nichts mehr sieht, seine Ohren und freut sich. Ebenso wird der zweite Affe neugierig, als er nichts mehr hört und nimmt die Hände von den Augen. Da scheint es plötzlich grell aus dem Maul des dritten, als dieser es nicht halten kann und er lauthals spricht: „Es kann nicht angehen, dass euch Hören und Sehen vergeht, während mir die Wahrheit immer noch auf der Zunge brennt und ich sie einfach schlucken soll!"

Raus aus der Welt

Sanjo streifte mit dem Fuß durch den sandigen Boden. „Ich habe keine Lust", raunzte er, „den weiten Weg mit dem E-Mobil zu machen. - Kann ich nicht Opas alten Mercedes nehmen? - Der hätte sicher seinen Spaß auf seine alten Tage."

„Bist du verrückt? - Wenn sie dich damit erwischen, bist du sämtliche Privileg-Lizenzen los. - Neuerdings dürfen sie auch die Klimaanlagen einziehen. Schon vergessen? Ging letztens durch den Dauerbrenner." Janina, die gerade beim Ausfüllen der Lebensmittelanträge war, schüttelte den Kopf. „Wie ein kleiner Junge. - Und außerdem, woher willst du das Benzin für die 500 Kilometer in die Ostlager nehmen? Hier im Mittelgebirge kannst du vielleicht noch Schleichwege fahren, aber spätestens an der Sandgrenze werden sie dich kriegen. - Hast du überhaupt schon die Genehmigung, deinen Großvater zu seinem Hundertsten zu besuchen?"

„Pah, lächerlich!", winkte Sanjo ab, „den Systembarden auf ihren lahmen Öko-Cars entkomme ich mit Leichtigkeit bei 150 Sachen. - Außerdem käme ich so früher bei Opa an - Der hat's echt gut bei den Russen."

„Träumer! Weißt du eigentlich, was du da sagst?", herrschte Janina ihren Mann an. „Ich würde mir wünschen, du kämst endlich im Jahre 2084 an. Manchmal habe ich den Eindruck, deine Lehrer im Neuzeitunterricht waren selber verkappte Revoluzzer. - Westländler können es jedenfalls nicht gewesen sein."

„Du musst gerade reden. Hast doch selbst nie Bildungsfiles genossen."

„Ja, weil ich es nicht musste; weil nämlich meine Eltern schon so verantwortungsvoll waren, mir die leidliche Grund- und Gewissensprüfung zu ersparen."

„Deine Eltern waren ja auch ..."

„Vorsicht, ja? - Denen verdanken wir unser friedliches Leben hier."

„Ja sicher ... mit allen Privilegien, ich weiß." Sanjo erhob sich von dem harten Stuhl in der engen Küche des Wohncontainers. „Wenn schon, denn schon", zischte er seine um einige Jahre ältere Frau an. „Wann bekommen wir dann mal eine der oberen Wohneinheiten mit richtigem Boden zugeteilt, hmm? Eine, wo nicht bei jedem Starkregen das Wasser in der Bude steht?" Grummelnd schlug Sanjo die Tür hinter sich zu; derart, dass es durch alle Wohnzellen seines Blocks gedonnert haben musste.

Draußen knallte bereits die morgendliche Novembersonne erbarmungslos auf die aus dem Boden gestampfte Siedlung. Die Luft war immer noch stickig von der letzten Inversionswetterlage. Vom Norden her allerdings kündigte das laute Rauschen der entfernten Windkraftanlagen eine Änderung der Windrichtung an. Ein kleiner Lichtblick für den Winter. Sanjo blinzelte die schlaglöchrige Straße entlang zum östlichen Horizont, wo wieder einmal Rauch über der ehemaligen Kleinstadt stand; wie üblich waren keine Löschkräfte unterwegs, was die Stille umher erahnen ließ. ‚Typisch‘, dachte Sanjo, ‚mit System alles verfallen lassen.‘ Er lief zum gegenüberliegenden Mobilport, wo sich neben den Soziomobilen auch noch das uralte Fahrzeug seines Großvaters befand - ein echter Diesel. Es hatte den jungen Westländler vor Jahren eine Menge Argumente gekostet, die Brusseler Wohnkontrolleure davon zu überzeugen, das alte Schätzchen behalten zu dürfen; unter der Auflage, es zu pflegen und keinesfalls ohne gültige Umwelterlaubnis zu betreiben. Als kleines Denkmal gestand die Behörde Sanjo dieses außerordentliche Privileg zu, auch als eine Art Wiedergutmachung für die schicksalhafte und nie gänzlich aufgeklärte Trennung von seinem Großvater in den Wirren der kurzen aber heftigen Verteilungskriege zwischen Ost und West. ‚Schweigegeld‘ nannte Sanjo dieses Zugeständnis insgeheim immer, denn die Regierung musste längst mitbekommen haben, dass die Bildungsfiles an solch speziellem Bürger wie ihm wohl nie ganze Arbeit geleistet hatten. Und das wenigste, was die neue Führung in Brussel in dieser Zeit gebrauchen konnte, waren unberechenbare und vor allem auffällig in sich gekehrte Landesbewohner mit zu viel Kenntnis über die ersten Jahrzehnte der Jahrtausendwende.

Sanjo strich gedankenverloren um das ausgemusterte Fahrzeug. Es hatte ihn und seinen Großvater früher über viele Ausfahrten ins Freie eng miteinander verbunden; kein Wunder, waren doch Opas Kindheitsgeschichten viel spannender als der Neuzeitunterricht in der Euroschule. Sanjo ahnte, dass sein trotziges Vorhaben, den alten Mann mit diesem Relikt auf vier Rädern aufzusuchen, auch ohne Janinas Bedenken scheitern würde. Die paar kostbaren Tropfen Diesel würden allenfalls für 100 Kilometer reichen. Alleine der Besitz des Treibstoffs war eigentlich schon strafbar. ‚Auf jeden Fall langt der Sprit bis in die Stadt', überlegte Sanjo, und sein Herz klopfte schneller angesichts der spontanen Idee, die Verbotszone jenseits der Standard- und Einwandererreservate aufzusuchen. Er griff in seine Brusttasche; verführerisch glänzte der polierte Wagenschlüssel im Sonnenlicht. Dann öffnete Sanjo die Autotür und ließ sich langsam auf dem durchgesessenen Fahrersitz nieder. Er blickte nachdenklich über die andern umher stehenden Fahrzeuge hinweg und versenkte den Schlüssel dann erwartungsvoll im Zündschloss. Es ging dem Nostalgiker durch Mark und Bein, als der Wagen anstandslos ansprang und sonor unter seinem Hinterteil brummte. Es war, als hätte das jahrelange Schweigen des Motors dessen Funktionalität nicht im Geringsten beeinträchtigt. „Schon etwas anderes als dieses spitzfindige Surren der E-Mobilmotoren", grinste Sanjo laut, und er sah sich wieder als Kind auf dem Beifahrersitz, wie ihm sein Großvater daneben zurief: „Raus aus der Stadt und die Welt ergründen, bevor sie uns entwischt." Es lag immer eine Art Vorahnung in diesem Satz, wie Sanjo damals empfand. Nun schaute er noch einmal zu den gegenüberliegenden Wohncontainern, ob sich nicht doch irgendwo ein aufmerksames Gesicht hinter den Fenstern verriet. Dann löste er die Bremse und rollte vorsichtig vom Mobilport auf die staubige Straße, wo er genüsslich die Geschwindigkeit in Richtung Stadt erhöhte. Und beim beherzten Einlegen des nächsten Gangs sagte er entschlossen zu sich selbst: „Raus aus der Welt und nach Hause finden, bevor es ganz erlischt."

Der Zigarrenphilosoph

Das vierte Semester war geschafft - allerdings nur, was meine durch BaföG knapp bemessene Studienzeit anbetraf. In der Tat war für mich wieder einmal nicht mehr drin gewesen als ein unbenoteter Leistungsnachweis und eine popelige Vorlesung mit Anwesenheitspflicht. Studiengang Physik allmählich verfehlt so zu sagen. Demnach war mir auch nicht besonders nach Semesterferien zumute. Ganz anders sah es da bei meinem alten Schulfreund und nunmehr Mitstudenten Johannes aus. Er war schon zu unseren Abiturzeiten ein Macher, derweil ich eher dazu neigte, die Hochschulreife philosophisch anzugehen. Dies schlug sich letzten Endes nicht nur entsprechend auf meine Leistungsfächer Mathe und Physik nieder, sondern auch mich nach schließlich durchkämpften Abi-Klausuren in die Flucht - in die Flucht vor allem, was mit punktuellem Lernen zu tun hatte. Dabei interessierte mich gerade die Physik so sehr, aber eben anders, als der Lehrplan es vorgesehen hatte. An der Uni würde man Verständnis für meine, sagen wir alternativen Gedanken haben. Aber ich schweife ab.

Bevor ich mich nun gedankenverloren den heißen, trägen und mit Rauch und Alkohol geschwängerten Sommermonaten hingeben würde, sollte der letzte Semesterabend jedenfalls ein gesellig philosophischer werden. Dafür hatte Johannes mit dem Bestehen seines Physikums gesorgt: Ein wahrlich guter Grund für ihn, eine kleine Sause in Form eines Herrenabends zu starten, zu welchem er auch mich eingeladen hatte. Er war der Hahn im Korb einer WG in der selben Straße, wo auch ich eine hutzelige 10-qm Dachkammer ergattert hatte. Einerseits war ich kein Wohngemeinschaftstyp und andererseits kam mir diese kleine Bude - nur mit Waschbecken und Klo im Keller - gerade recht. Um so etwas wurde sich nicht einmal auf dem ansonsten heiß umkämpften Studentenwohnungsmarkt gekloppt. Zudem teilte kaum jemand meine Vorliebe für alte, strenge Vermieterinnen, die für Ordnung im Haus sorgten. So hatte ich meine Ruhe, und brauchte mich großen und kleinen Sausen nur dann zu stellen, wenn es mir passte und es mich nicht in meinen ausschweifenden Tagträumereien störte.

Johannes' Sause passte mir, vor allem, weil ich seinen Stil kannte: Kaminfeuer, E.A.-Poe-Film und reichlich Portwein. Ich überlegte mir, ob dieser Abend wirklich dergestalt ablaufen würde, wie wir es schon spätpubertär in den letzten Schuljahren zu besonderen Anlässen zu begehen pflegten. Immerhin lag die letzte Session dieser Art etwa zwei Jahre zurück. Johannes hatte sich sozial sicher weiter entwickelt. Dennoch beschloss ich, seine Einladung anzunehmen, obwohl ich dafür das Treffen mit einer Physikkommilitonin verschieben musste. Sie war eigentlich ganz nett, fast hübsch, aber auch sehr, um nicht zu sagen extrem antialkoholisch eingestellt. Und mit Öko-Tee, Salat und einem guten Gespräch wollte ich meinen dürftigen Semesterabschluss nicht unbedingt begehen.

Johannes hieß mich freudig willkommen und führte mich in sein für einen Studenten üppig ausgestattetes und großräumiges Reich mit Fenster zum Hinterhof. Das Zimmer im ersten Stock war nicht ganz so warm wie meine im Sommer durchgehend überhitzte Dachbude. Es roch auffällig nach Tee. Ich stutzte: „Bin ich der erste, oder kommen die anderen Medizinmänner nicht?"
Mein Kumpel winkte ab: „Die sind alle heute schon nach Hause."
Noch ehe ich mich darüber in ein Wohlgefallen entspannen konnte, dass der Abend wie zu alten Zeiten ablaufen würde, fügte Johannes hinzu: „Dafür kommen die Mädels rüber. Bio-Time ist angesagt. Sind zwar nicht besonders trinkfest, aber die beiden Pullen schaffen wir auch zu zweit." Er deutete auf den Servierwagen mit zwei Sektflaschen und einer riesengroßen Thermoskanne.
‚Kein Cherry oder Rotwein', ging es mir durch den Kopf, und die Fernseh-Videorecorder-Einheit war auch schon unter einer Staubschutzhülle für die Ferien eingemottet.
„Ein Trunk vorweg?" Johannes schenkte mir ein volles und sich nur ein halbes Glas Sekt ein. „Ich muss vorsichtig sein, du weißt ja, meine Gastritis." Er nippte demonstrativ an seinem Glas.

Ich hingegen tat einen kräftigen Schluck. „Puhh … wärmlich!"
„Ja, der Kühlschrank ist schon abgetaut, tut mir leid. Zu lau?"
„Warm trifft es eher", und ich staunte nicht schlecht ob der schnell einsetzenden Wirkung des schaumigen Gesöffs. Mir stand augenblicklich der Schweiß auf der Stirn, und ich ließ mich mit meinem Glas in einem äußerst bequemen Sessel am Fenster nieder. Johannes richtete den Standventilator in der Ecke des Raumes auf mein Gesicht. „Danke, das tut gut; so bleibe ich jetzt hier sitzen, wenn du nichts dagegen hast."

Die Tür ging auf, und zwei Mädchen mit Salatschüsseln traten herein. Johannes rieb sich die Hände. „Dann wären wir komplett." Svenja und Vanessa hatten ihr Vordiplom schon lange in der Tasche und ackerten nun für ihre Promotion - und das vor ihrem eigentlichen Diplomabschluss. Und richtig hübsch waren die beiden - aber natürlich längst vergeben. Nicht ohne einen Anflug von Neid schweifte mein Blick durch die sich auf dem Teppich niederlassende Gruppe vor mir. Ich kam mir etwas albern vor auf meinem Hochsitz: Einerseits der optimale Platz vor dem Ventilator für mich und meine Hitzewallung, andererseits mutierte ich auf diese Weise sicher zum herausragenden Frageobjekt hinsichtlich meiner Studien. Johannes nahm mir die Entscheidung über meine Position ab. „Bleib ruhig da hocken, wird sonst eh etwas eng." Ich verkniff mir ein müdes Lächeln und pickte mir aus den herumgereichten exotischen Salaten mit reichlich Oliven eine spärliche Portion auf einen Teller. Dabei fiel mir ein, dass ich überhaupt nichts zu Abend gegessen hatte. Das rächte sich jetzt zum ersten Mal, aber ich brachte einfach keine größere Menge der bestimmt wohlgemeinten Gesundheitskulinarität herunter. Stattdessen goss mir Johannes mit den Worten „Noch ein Gläschen?" nach, ohne meine Antwort abzuwarten, und er postierte die Flasche gleich neben meinem Sessel.
„Musik?" fragte Vanessa.
Ich schaute zu Johannes und und dann auf seine Deep-Purple und Pink-Floyd Platten - jener Musik, welche uns vor Jahren noch zu dem machte, was wir waren.

„Tja ...", kam es verlegen von dem angehenden Arzt zurück, „ich hab hier nur ..."

Svenja grinste: „Ich weiß was", sie stand auf, verließ den Raum und kehrte kurz darauf mit einer LP von Bruckner wieder.

Entgegen meiner Befürchtung entwickelte sich unser Gespräch vor dem Hintergrund gediegener Klassik nicht in Richtung meiner Studienfortschritte; und eigentlich war es schon nach kurzer Zeit nicht mehr unser Gespräch, sondern es beherrschte mehr die angeregte Unterhaltung meines Gastgebers mit seinen zwei Mitbewohnerinnen den Raum. Es ging ums Fach, um Professoren und die große Zeit danach. Johannes hatte sich weiter entwickelt, kein Zweifel - und dünn war er geworden, so dünn wie die beiden Studentinnen. Das war mir vorher kaum aufgefallen. Allerdings hatte ich den Eindruck, dass er ein wenig ein schlechtes Gewissen hatte, wenn er mir so ab und zu zublinzelte, mich quasi aufforderte, teilzuhaben und mir ruhig ungehemmt einzuschenken. Er beließ es für sich bei einem halben Glas und schloss sich alternativ Oliven pickend den Teejüngerinnen an. Schließlich unterbrach er sich selbst. „Zigarre gefällig?" Johannes wusste, dass ich gelegentlich Zigarillos paffte, und er zog eine Kiste unter seinem Schreibtisch hervor. Die zwei Mädchen starrten mich an, als ob sie mir zu verstehen geben wollten, das Angebot selbstverständlich auszuschlagen.

„Na klar", erwiderte ich spontan und dachte weiter: ‚Da müsst ihr jetzt durch, ihr grünen Hühner'.

Johannes öffnete die Kiste und reichte mir einen echten Räucherkolben, so lang wie zwei Zeigefinger und so dick wie ein Daumen. Solche Prachtstücke rauchte ich sonst nie, aber Stoff ist Stoff, dachte ich und ließ mir das Ding von meinem Kumpel anzünden.

„Und so etwas von einem Mediziner", raunzte Vanessa. Etwas genervt stand sie auf und öffnete das gekippte Fenster sperrangelweit.

Ich positionierte mich fortan etwas seitwärts, so dass ich den Rauch aus dem Fenster blasen konnte. Ich wollte die Verärgerung der Studentinnen nicht weiter schüren; dazu waren sie mir zu nett. Auch nutzte ich hin und wieder die Chance, einen Satz in die Unterhaltung zu werfen, wenn das Thema einmal kurz von Biomasse und Karriere abschweifte. Vielmehr wollte ich im weiteren Verlauf auch nicht mehr dazu beisteuern, denn allmählich begann ich mich auch so wohler zu fühlen. Der Schweiß auf meiner Stirn war im Luftstrom der Windmaschine verdunstet; und unter Hinzunahme eines gelegentlichen Schlucks aus dem stetig gefüllten Sektglas genoss ich das allmähliche Kürzerwerden meines kapitalen Glimmstengels. Mittlerweile hatte sich auch der Appetit auf etwas Deftiges wohl ins Unterbewusstsein verflüchtigt. Plötzlich vernahm ich Stimmen von draußen. Sie kamen vom direkt gegenüberliegenden Fenster eines Hauses auf der anderen Hofseite, und sie stritten unverkennbar. Das aufgeregte Palaver schallte recht laut zwischen den umliegenden Häusermauern und durch Johannes' Fenster. Aber die Teppichsitzer waren derart vertieft in ihr Gespräch, dass sie selbst meine Aufforderung, sich das mal anzuhören, ignorierten. So lauschte ich denn allein unter den letzten Zügen meiner Zigarre einem Gezänk rund um Ferienplanung und Schwiegereltern.

Als ich den Stummel schließlich ausdrückte und mich wunderte, wo die ganze Flasche Sekt geblieben war, überkam mich der Anflug eines Schwindels und mit ihm die Überraschung darüber, dass ich für die Zigarre nicht viel länger gebraucht hatte als sonst für einen kleinen Zigarillo. Ich setzte mich auf und verlor beim Versuch, die Selbstkontrolle wieder zu erlangen, die Streithähne aus den Ohren. Auch den Stimmen der Diskutanten neben mir konnte ich das, was gesagt wurde nicht mehr richtig zuordnen; und als ich mich ihnen mit dem Gesicht zuwandte, hörte ich noch Vanessa unter versteinertem Blick murmeln: „Der ist ja käseweiß". Dann spürte ich auch schon Hände und Arme, die meinen offensichtlichen Fall vom Sessel auffingen und mich rücklings zu Boden gleiten ließen. Ein regelrechtes Vernichtungsgefühl durchströmte meinen Körper, und ich hörte mich unter meinem schneller werdenden Atem selber fahrig jammern und zwischen die Stimmen um mich herum faseln. Dann sagte ich nichts mehr, aus Angst, mein Herz könnte noch mehr rasen, als es dies ohnehin schon tat.

„Kreislauf!" kam es von hinter mir.

„Beine hoch, Beine hoch. Am besten auf die Sesselarmlehne."

Mühsam half ich mit, meine Beine entsprechend hoch zu lagern. Sie kamen mir unendlich schwer vor. Jedoch strengte diese Prozedur mich mehr an, anstatt wirklich zu helfen.

„Kreislauf? Meinst du?"

„Hey, reiher mir jetzt bitte nicht auf den Teppich."

Jemand stellte mir eine Schüssel neben den Kopf. Der Schein der gemütlichen Teelichter war dem kalten Deckenlampenlicht gewichen. Johannes schaute hektisch um sich; dann griff er in ein Regal und zog einen dicken Wälzer heraus, um gleich darin wie wild herumzublättern. Vanessa beugte sich seitlich über mich und fühlte meinen Puls am Hals. „Die Stirn ist heiß, der Puls rast, und der arme Kerl zittert wie Espenlaub."

Wie angefeuert davon, blätterte Johannes nun noch schneller in seinem Medizinbuch. Von der anderen Seite legte Svenja mir einen kalten Waschlappen auf die Stirn. Dann knöpfte sie mir das Hemd auf und drückte auf meinem Bauch herum. Ich wusste nicht, ob das gut war, allerdings half es auch nicht, außer dass es meine Darmtätigkeit in Gang setzte. Ich gab der Studentin durch ein leichtes Winden unter ihr zu verstehen, das lieber zu lassen. Dann nahm ich ein bohrendes Magendrücken wahr, ähnlich einer schmerzhaften Heißhungerattacke. Hier rächte sich der Verzicht auf mein Abendbrot wohl zum zweiten Mal. Ich wollte etwas sagen, brachte aber nichts heraus und war mit den letzten Kräften am kämpfen, mich nicht zu allem Übel noch übergeben zu müssen. Wenn es etwas gab, das ich hasste, dann war es Kotzen - vor allem, wenn nichts da war zum Kotzen.

Die Streitereien von gegenüber waren verstummt; zumindest nahm ich sie nicht mehr wahr in meinem Prä-Delirium. Da hatte der Zoff sich offensichtlich in spontanen Voyeurismus umgewandelt. Von da drüben aus musste sich die Szene in Johannes' Zimmer dargestellt haben wie das Praktizieren eines rituellen Sexualmordes: Mit mir als Opfer, die Beine weit auseinander in die Luft gestreckt, einem Priester, der beschwörende Worte aus einem heiligen Buch liest und zwei Tänzerinnen, die sich über meinem Körper winden.

„Der ... der ... macht mir jetzt richtig Angst", stammelte Johannes. „Liegt da wie eine Schabe, die mit Insektengift besprüht wurde."

„Gar nicht lustig", wies Vanessa ihn zurecht.

„Hier! Alkoholvergiftung! Da haben wir es!", kam es schließlich erlösend aus dem Mund des Candidatus Medicus. Zielsicher bohrte er mit dem Zeigefinger in einer Seite herum. „Der hat fast die ganze Flasche alleine gekillt. - Ich ruf die Giftzentrale in der Uniklinik an."

„So ein Quatsch." Vanessa tätschelte meine Wangen und konnte mich gerade so am Wegtreten hindern. „Der süppelt doch sonst auch ganz gerne. - Aber apropos Schabe; du hast Recht!" Offensichtlich von einem Geistesblitz getroffen, schoss Vanessa hoch. „Das ist es. Könnt ihr euch an die Schabe im Menschenkostüm bei Men in Black erinnern? - Was verlangte die immer?"

„Zucker?", riet Svenja.

„Bingo! Komm mit."

Vanessa und Svenja verschwanden, um kurz darauf, jede mit einem Trank in der Hand, wiederzukehren. Johannes stand mit verschränkten Armen vor mir und rieb sich verlegen das Kinn.

Die beiden Mädchen drängten mich, zunächst die glasklare und dann die weiße Flüssigkeit in mich hineinzukippen. „Komm, runter damit, da musst du jetzt durch." Widerwillig folgte ich ihren Anweisungen. Aber anstatt dem Geschmack der mir verabreichten Gläser Zuckerwasser und Milch Undank zu zollen, lenkte mein sich schlagartig änderndes körperliches Empfinden meine Worte um.

„Es wirkt ...", grinste ich meine Retterinnen an, „voll der Effekt!"

„Zuckerwasser gegen Hunger und Milch gegen die Zigarre im Bauch", klärte mich Svenja auf.

„Echt jetzt?"

Die Studentinnen blickten zu ihrem medizinischen Kollegen.

„Genau ... ja, em ...", bestätigte der mit weiser Miene und schob sein dickes Buch zurück ins Regal.

„Aber jetzt muss ich aufs Klo", stotterte ich unter einem belegten Räuspern.

„Meinst du, dass du das schaffst?"

„Ich muss einfach ... und zwar ziemlich schnell."

„Sollen wir dich stützen?"

„Nee ... nee, nee lasst mal. Ich krabbele dahin." Ich drehte mich langsam um und kroch auf allen Vieren durch das Zimmer aus der Wohnung und zusätzlich zur Belustigung anderer Hausbewohner durch den Flur bis zum Gemeinschaftsbad. Während meiner abschließenden Verrichtung dort stand Johannes draußen an der Tür und fragte mich immer wieder, ob ich noch da sei. Schließlich konnte ich mich schwindelfrei erheben. Die Zaubertränke hatten ganze Arbeit geleistet. Bevor ich dann, begleitet von Johannes, den kurzen Heimweg um die Ecke antrat, bedankte ich mich noch bei Vanessa und Svenja. Sie winkten großmütig ab, empfahlen mir aber, mich in Zukunft mit auf den Teppich zu setzen.

Mittlerweile studiere ich Philosophie im letzten Semester und philosophiere nicht mehr so viel wie früher; nur noch gelegentlich bei einem überschaubaren Bier und ohne Gesprächsbedampfung. Außerdem hat es sich derweil ausgezahlt, netten Damenbesuch aus meiner Fakultät nicht unnötig zu vertrösten; denn wenn man das Abendessen zusammen kocht, kommt etwas dabei heraus, das beiden schmeckt und vor intellektuellem Verhungern bewahrt.

Das allerletzte total Gute

Das allerletzte total Gute steht im Mittelpunkt auf dem Scheiter-
haufen des Bösen. Ein wenig nervös werden ihm dort die Knie langsam weicher. Dann aber fängt es wie wild über dem angefachten
Feuer an zu tanzen. Als die Flammen umher auf es zu lodern stimmt
es ein Lied an:

„Ihr lieben Flammen,
ich will euch nicht verdammen,
ich tanze, euch zu herzen,
ich liebe euch vor Schmerzen."

Die Flammen zeigen sich unbeeindruckt und fauchen nur noch
stärker. Als sie schließlich beginnen, die kalten Füße des total Guten
anzufressen, lässt dieses vor Schreck einen lauten Furz.

Das geifernde Böse hält kurz irritiert inne und fragt das total
Gute: „Gehört derlei Verlautbarung auch zu deinem Lied?"

Das total Gute will sich ob seiner Ausfälligkeit nicht blamieren
und lügt: „Äh, ja, das ist der Refrain."

„Hört sich aber nicht so gut an", entgegnet das Böse und befiehlt
seinen Flammen, noch höher zu schlagen.

Wenig später hat das Feuer die Beine des total Guten gefressen
und dessen Hintern erreicht. Den verlassen allmählich die Kräfte,
und ihm entfleucht ein gehöriger Schiss.

„Wieder Refrain?", will sich das Böse vergewissern, „oder eher
doch dein Schlussakkord?"

„Nein nein", keucht der dahinschwindende Leib ... „mein Lied
liegt mir nur etwas schwer im Magen, jetzt, wo ich es nicht mehr un-
terwandern kann." Sagt's und stirbt den Heldentod seines totalen
Durchhaltevermögens.

Supis

Kennen Sie Supis? - Nein? - Können Sie wahrscheinlich auch gar nicht. Dieser Art von Überflieger mögen Sie allenfalls kurz unterlaufen sein in deren unübersehbaren Profilierung, ohne im Geringsten interaktiv durchdringen zu können. Supis glänzen durch scheinbar enormes Wissen, Talente und Weltgewandtheit; sie sind belesen, in jeder Hinsicht lernfähig und willig, sowie allzeit auf dem Sprung ins Ungewisse bereit. So ergibt es sich jedenfalls, sobald sich ihrem Mitteilungsbedürfnis nur die geringste Gelegenheit dazu bietet, sei sie noch so weit hergeholt. Bei Supis passt es immer. Dabei glänzen sie durch ihre weit schweifende Rhetorik, die über Leichen der Zusammenhänge geht. Sie machen sich und ihr Erscheinen oft an einem lapidaren Dreh- und Angelpunkt fest und beißen oder säuseln - je nach anfänglicher Alibiaffinität zum Thema - diffus aus ihrem Profilierungsgeist um sich; gleichsam einem unruhigen Tier im all zu engen Käfig. Und genau so schnell, wie sie sich zum Kompetenzpopanz eines Augenblicks aus der Versenkung erhöhen, verschwinden sie wieder in derselben, meist ohne einen nennenswerten Aufwurf ihres Auswuchses zu hinterlassen, geschweige denn ein Würdemal auf glatter Diskussion. Ein Pickel bleibt, den bald die Relevanz des Tages ausdrückt.

Aber der Reihe Nach: ‚Käfig' ist das Stichwort, das den eigentlichen Ausgangspunkt des imposanten Supi-Phänomens beschreibt. Denn so ein Pseudomultitalent ist nicht einfach da; es entwickelt sich zunächst im geheimen Kämmerlein aus dem Komplex einer empfundenen Ungenügsamkeit in Verbindung mit einem an sich natürlichen Bedürfnis nach aufmerksamer Zuwendung. In diesem Zwiespalt ist der angehende Supi gefangen, und er wird ihm im Weiteren seiner Erscheinung auch nicht wirklich entrinnen können, wie man schnell sieht. Von der ersten unbefriedigten inneren Spannung bis zum Einwachsen in die nicht enden wollende Ausdehnung der Gitterstäbe um seinen kleingeistigen Hort braucht es eine Zeit des verdrängten Frustes: Lässt doch dieser letztendlich begehrlich ineinander wuchern, was folglich undifferenziert zusammenschmilzt, anstatt sich als Selbstbewusstsein zwischen innerer und äußerer Welt auszuloten. So schießt denn ein durchaus gegebenes Befähigungspotenzial durch das vereinnahmende Aufmerksamkeitsdefizit buchstäblich ins Kraut. Der damit verbundene Wachstumsschmerz - einer in Selbstzweifel verlorenen Verlustangst - fällt um so mehr sich selbst massierend auf sich zurück, je fester er an seine gedanklichen Grenzen stößt. In solchem Teufelskreis der Eigenreflexion verklemmt sich die nun gänzlich ausgereifte Unreife im Käfig bis zum Bersten anspannt, doch ohne ihn in Selbstverständlichkeit zu öffnen. Ein mentaler Abszess ist entstanden, welcher nur noch darauf wartet, sich durch Lücken umher in intellektuelle Logen zu zwängen. An diesem Punkt verliert der Komplexbolzen schließlich das Format, wenn er im nächsten Moment sein aufgebrachtes Herzblut durch die Gitterlöcher in die Blasen kurzfristiger Befreiung drückt. Der Supi ist in alle Welt geboren und lässt dem Druck aus dem Innern tausendsassahaft freien Lauf.

Supis verfügen über ein ausgeprägtes Sendungsbewusstsein, was ihr Leben anbetrifft. Und damit in dessen ungeahnter Fülle aufgrund sich schnell überschlagender und erfinderischer Neuigkeiten nichts verloren geht, wird das Publikum großzügig als Nährboden für weitere Geistesblitze eingebunden. Es wird vor allem zu Beginn aufgemuntert, neugierige Fragen an den neuen Stern zu richten, um wirklich das aller Letzte aus seinem Anschein herauszukitzeln. Auch versteht er sich darauf, sich Dinge, die ursprünglich andere betreffen, zu eigen zu machen und dementsprechend zu debattieren; seien es Fähigkeiten, Erlebnisse oder gar die schlimmsten Krankheiten. Im Extremfall kann ein Supi so an Depressionen, ADHS und Multipler Sklerose gleichzeitig leiden und nur deswegen kein Astronaut geworden sein, weil er den Termin des Auswahlverfahrens wegen eines Interviews in einer Talkshow hat platzen lassen müssen. Das alles macht den imaginären Lebenslauf eines Supis erst richtig interessant. Was immer sich letztendlich auch um den Supi dreht, ihn prägt dabei vor allem eines: Seine Dünnhäutig- und Überempfindlichkeit, resultierend aus der engstirnigen Überblähung hinsichtlich jeder standhaften Kommunikationsberührung, und sei sie auch noch so freundlich gemeint. Um die Kritikfähigkeit eines Supis ist es nämlich im Allgemeinen nicht gut bestellt; selbst wenn er aus einer gönnerhaften Bescheidenheit heraus darum bittet, dient dies doch vornehmlich dem Einheimsen von ein paar Sympathie-Vorschusslorbeeren. Wer sich allerdings zu frei im Rahmen üblicher Umgangsformen darauf einlässt, muss je nach Wichtigkeit des Themas mit verbalen Tiefschlägen, Ausweichmanövern, Rechtfertigungen oder gar vorübergehendem Kontaktabbruch rechnen. Dessen sollte sich insbesondere derjenige, der sich einem auf Interaktionskrawall gebürsteten Supi auf Augenhöhe zu nähern versucht, bewusst sein.

Am Anfang aller Supinovae, jenen mentalen Komplexausbrüchen, steht die super-eloquente Ablauflogik durchaus noch unverdächtig im Kontext mit zugrunde liegenden Vorgängen und Argumenten. Hat ein Supi dann erst einmal einen Weidegrund nach schleichender Sondierung der Kommunikationspartner für sich entdeckt, wird ihn kaum etwas davon abhalten, das von ihm breitgetretene Feld nach Herzensfrust auszuschmücken. Seinen Umgang betreffend ist er wählerisch; am wohlsten fühlt er sich unter Menschen mit niedrigerem Argumentations- und Profilierungsdurchsatz sowie mit relativ niedriger Emotionalisierungsschwelle zwecks leichterer Durchführung von gefühlsbetonten Ausweichmanövern um logische Fallen. Andererseits meidet er tunlichst Gesellschaften, die der Professionalität seines Gehabes einen Habitus entsprechend ihrer Profession entgegensetzen könnten. Treten mehrere Supis in einer Runde unabhängig von einander auf, passiert es nicht selten, dass sie sich gegenseitig besonders stützen, wenn die Komplexwellenlänge stimmt. Supi-Klüngel können perfekt funktionieren, solange sie sich nicht gegenseitig Publikumsanteile abgraben. Hier und da platzen sie auch als redseliges Pärchen ins Geschehen, extravagant ihre wie auch immer geartete Verwandtschaft als etwas Außergewöhnliches herausputzend, quasi als wonnige Eliteproppen ihrer selbst. Einmal das adäquate Umfeld gefunden, labert ein Supi sich satt und fährt zum

Volldampfplauderer auf, wo immer ihn kein Widerstand zu fassen bekommt. Das tut er nicht einfach nur, um sich selbst zu hören oder zu lesen, sondern um davon möglichst viel aus zerstreuter Resonanz williger Sensationsvoyeure zu inhalieren. Es tut ihm gut, wenn er die leere Fülle zumindest mit Tand aus allerlei Einfaltsreichtum besetzen kann - sich einen Wesensgrund mit dem Duft des großen Seins unter die Nase reibend. Dabei kommt Leben in die verlassene innere Bude, und der Supi entdeckt an sich ganz neue Seiten - mit jeder weiteren Blase aus seinem verqueren Käfig heraus. Er findet sich mit einem Mal so schwer beschäftigt, dass nicht einmal Widersprüche, in die er sich dabei verstrickt, ihn bremsen können. Jedes Augenzwinkern kostet schließlich wertvolle Zeit, welche man lieber mit dreistem Wortschwall füllt, bevor sie zum schwarzen Loch in eine unerfüllte Sehnsucht wird.

So kann ein Supi beispielsweise an mehreren Stellen gleichzeitig gewesen sein, wenn er später davon berichtet. Nicht selten packt er 36 Stunden in einen Tag und schläft auf einem Bein im Stehen, während das andere in einer Sache schon von Pontius zu Pilatus läuft. Dabei gibt er sich aufs äußerste multi-engagiert, grätscht sich von Erlebnis zu Erlebnis. Bedingende und im Weg stehende Vorzeitigkeiten reduziert er dabei gerne auf Trivialitäten des Lebens. Und so kommt es, dass ein Supi von A nach B nicht länger braucht, als er es geäußert hat, inklusive so nebenbei mitgenommener Auslandserfahrungen und hochinteressanter, wenn nicht gar prominenter Bekanntschaften. Der echte Supi ist welt- und politikvertraut, wenn es denn sein muss, sowie mit wichtigem Hinz und Kunz befreundet, wenn er sie fachmännisch zur Untermauerung seiner einsamen Statements zu zitieren weiß. Zuweilen lockert und donnert er seine Redseligkeit mit flapsigen Kommentarkürzeln auf, gerne auch in Verbindung mit wissens-komprimierten Anglizismen oder Allgemeinplatzaxiomen des Lebens. Zudem sind die vielfältigen Lebensumstände und Fähigkeiten eng miteinander verschränkt, was es ihm leicht macht, überall schnellstens anzuknüpfen; und wenn sich interaktiv schon keine Ansatzpunkte dazu finden, dann auf alle Fälle intraaktiv, von Hölzchen auf Stöckchen kommend. Dieses Gesellschaftschamäleon ist zu 99% erfolgreich bei allem, was es unternimmt. Auch altert sein derartig ausgestülpter Energieexhibitionismus nie in Müdigkeit; und falls doch einmal, dann nur gewichtig; denn dann prahlt der Supi mit voller Kraft seinem heldenhaften Ausgebranntsein entgegen. „Seht her, seht her! Das ist alles, was ich zu sagen habe." Natürlich sind auch Supis nur Menschen, und selbst dieses menschelnde Moment kommt ihnen geschickt gelegen: So bildet das vordergründige Zeigen oftmals vorgetäuschter und ins rechte Licht gerückter Schwächen eine ansprechend sympathische Atempause um die so hart gebeutelte Lebenskunst. Denn auch ein Supi muss mal Luft holen, welche er die Zuhörer und -seher mit Erstaunen anreichern lässt. Dann tut der nächste Kick aus einem neuen Schwank noch einmal so gut; und das Kokettieren mit Wermutstropfen bringt die arme Seele mit einem Fünkchen Echtheit zur letzten selbst-bestätigenden Wallung - auf dem Weg zur 100-prozentigen Supinatur. Wann und wo ein Supi an seine Grenzen stößt, wo er so rein gar nichts vorzutragen hat, entzieht sich meist dem, der ihm argumentativ zu begegnen versucht. Tritt eine solche Grenzverletzung allerdings einmal unverhofft zutage, so ist dies nicht etwa einer Lücke in der Kompetenz des Supis geschuldet, sondern dem Umstand, dass der entsprechende Aufwurf auf der Supi-Prioritätenskala zufälliger Weise ganz weit unten steht. Denn zu einem effizienten Multitasking gehört selbstverständlich ein ausgeklügeltes Prioritätenmanagement unter besonderer Berücksichtigung supi-natürlicher Umstände. Gleichwohl stellt der beinahe Ertappte eine eingehende Beschäftigung mit dem thematischen Fauxpas in entfernte Aussicht, nachdem er, wie er überraschender Weise zugibt, sich schlau gemacht hat. Aber seine Weisheit an sich bedeutet für ihn ohnehin nur einen Standard, der anderen schon schwer genug zu unterbreiten ist - um so vorsichtiger und verantwortungsvoller muss er die Vermittlung zu weiterführender Peripherie anberaumen - oder in die Vergesslichkeit seiner Gegenüber vertagen. Und sollte ein Supi wirklich einmal auf dem Schlauch stehen, hält er sich auffällig komplett aus der Diskussion heraus; zu groß ist die Gefahr, in eine Falle ungeahnten Wissens auf der Gegenseite zu tappen. Dahingehend fällt es ihm leichter, die vorübergehende Abwesenheit zu verkraften, als sich später ganz ohne Punkte sammeln zu können aufwändig rechtfertigen zu müssen.

Generell tritt ein Supi gerne als Universalgenie auf. Er vereint dabei insbesondere Spezialtypen, die schwerpunktmäßig auch als Borderlinesupis einzeln in Erscheinung treten. Zu nennen wären hier der selbsterklärende Oberlehrertypus, über den ein Wort zu verlieren nur an das Titan seines Redepanzers zu kratzen hieße. Seine Robustheit zeichnet ihn als solange unüberwindbar aus, wie es ihm einfällt. Den Gegenpol dazu könnte man als Emotionssupi bezeichnen, welcher sich vor allem um sein ureigenes Gedöns dreht und meist nur so lange auftaucht, wie ihn das scheinbare Interesse anderer daran über Wasser hält. Mit Hilfe seiner sprachlichen wie kognitiven Hypersensibilitätsdynamik möchte er jedes Wort auf der Goldwaage ausbalanciert wissen, bis er vor Ergriffenheit über die Bedeutungsvielfalt emotionales Konfetti in die allgemeine Stimmung regnen lässt. Damit schafft er es ohne Weiteres, die ihn umgeifernde Gemeinschaft in selbstverliebtes Heulen, wie auch wutentbranntes Mitleid verfallen zu lassen - je nach des Blenders Stimmungskalkül. Während Emotionssupi wie auch Oberlehrersupi vor allem mit Kompetenzvielgeschäftigkeit glänzen, zeichnet den Relativierungssupi eine besondere Bauernschläue aus. Er larviert sich wie kein anderer mittels seines unverwüstlichen Opportunismus durch die Diskussionen, um nie ins Abseits zu geraten und so die anderen stets über seine Omnipräsenz auf dem Laufenden zu halten - auch wenn er dabei meist am eigentlichen Thema vorbei diskutiert.

Die Einzeltypen trifft man vergleichsweise nicht so häufig an, und wenn, dann nur im Anfangsstadium ihres Supidaseins. Denn hier treten die Schwächen der jeweiligen Spezies noch zu arg zu Tage, als dass sich daraus langfristig ein umfassendes Supisyndrom etablieren könnte. Am widerstandsfähigsten scheint der Oberlehrersupi; jedoch läuft er schnell Gefahr durch rigorose Ablehnung an der ihm entgegengebrachten Ignoranz zu zerbrechen. Der Emotionssupi hingegen verträgt es überhaupt nicht, über Sachlichkeit zu stolpern. Er nimmt sie gerne persönlich, und damit er sich davon nicht so alleingelassen vor den Kopf gestoßen fühlt, dreht er schon mal seinem Gegenüber das Wort im Mund um. Auf diese Weise lässt sich ein objektives aber lästiges Argument in einen scheinbaren Affront verwandeln, welcher gerade recht kommt, um weiteren unproportionierten Emotionsausbrüchen seitens des getroffenen Supis Vorschub zu leisten. Das eigentlich Unangenehme für ihn daran birgt die Möglichkeit einer umschlagenden Stimmung gegen ihn, wenn er die Geduld seines Umfelds in puncto Unsachlichkeit zu sehr strapaziert. Der pure Relativierungssupi schließlich, argumentativ vor allem auf seine Daseinsberechtigung pochend - unterliegt dem ständigen Stressmoment, in Vergessenheit geraten zu können. Er lebt von Anbiederung und Opportunismus bis hin zur Selbstinfragestellung: Wenn es ihm nicht gelingt, letztere in ein bemitleidenswertes Märtyrerschicksal - schreiend nach dem Sinn des Lebens - umzumünzen, kann das bedeutungslos seinen zwischenmenschlichen Exitus zur Folge haben. Deshalb entwickelt sich aus den Schwächen der Einzelcharaktere schnell der für den Supi typische in sich ausgleichende Gesamtkomplex - sozusagen im Füreinander-Einspringen der Instanzen. Beispielsweise kann der Oberlehrer sich plötzlich getroffen fühlen und auf tätschelnde Worte hoffen; der Emotionssupi zieht sich, seine Totschlaggefühle relativierend, aus der Affäre, und der Relativierungssupi bringt sich mit einem sachlichen Trumpf in der Hinterhand zurück ins Gespräch.

Ein Supi, der diese Troika in sich vereint, ist im Regelfall bestens gerüstet für alle erdenklichen Gefühls- und Sachlagen. Allerdings bleibt er insgesamt immer stark abhängig vom Publikum und dessen Bereitwilligkeit zur Gefolgschaft. Das kann es einem Supi unterschiedlich leicht bzw. schwer machen. Dort, wo seine Resonanz bereits am Anfang aufgrund des unverschämten Desinteresses seiner Adressaten schnell versiegt, wird auch er sich bald aus seinen VIP-Logen zurückziehen und anderswo sein Glück versuchen. Hat er aber genug Aufmerksamkeit im Schlepp, glänzt er durch sein periodisches Auf- und Abtauchen mit seiner schillernden Vielfalt. So stabil sich der Supi dabei nach innen abwägt, so fragil stellt sich sein Gesamtkonstrukt bei nüchterner Betrachtung heraus; denn was seine vielen Seelen in der geschwellten Brust einerseits stützt, wirkt auf Gesprächspartner oft verwirrend oder schließt sich andererseits gar aus. Darin zeigt sich die Achillesverse des vereinten Supikomplexes. Ungeachtet der Häute, in die er gerade schlüpft, wird er von Außenstehenden als Ganzes wahrgenommen; und gerade hier wartet nicht selten ein Konfliktpotenzial mit ungeahnten Folgen vor allem für den Supi auf. Er kann sich von außen betrachtet wie aus dem Nichts unverstanden fühlen, seine inneren Mechanismen miteinander spielen lassen und in seinem unständigen Umfeld die Spielverderber ausmachen. Dann gibt ein Wort das andere ohne Sinn. - Der Klügere gibt nach, sagt man, aber so einfach ist das nicht - vor allem nicht für den Supi. Wenn er sich zutiefst verkannt fühlt und einen mentalen Blasensprung erlitten hat, wird es besonders schwer, es ihm recht zu machen.

Mancher mag eine Neigung verspüren, in einer derartig festgefahrenen und ermüdenden Situation als Supiversteher aufzutreten, indem er ganz banal nachgibt und die Situation in einen mehr oder weniger verträglichen Leerlauf entlassen will. Damit allerdings gießt man noch mehr Benzin ins Feuer. Wenn ein Supi eines nicht verkraften kann, dann dies, dass sein in seinen Augen kontraproduktives Gegenüber die Grundlage jedes weiteren Ergussbedürfnisses durch einfaches Schlichten vernichtet - zumal im Falle eines Konfliktes alles nur so fließt und sich gehen lassen will. Auch wird eine weiträumige Zustimmung zu den Supieinlassungen nicht zur dauerhaften Befriedung führen. So kommt man einem aus der Haut gefahrenen Supi nicht davon; er braucht das gewisse Unwohlsein, eine Mischung aus genug-tuender Zustimmung einerseits und sich kränkend anfühlender Unverstandenheit andererseits, damit sein tiefgründiger Urschmerz nicht die Oberhand gewinnt. Soll heißen: Ein Supi, den man argumentativ auf die eine oder andere Weise abwürgt, platzt nach einer kurzen Hemmung im beleidigten Delirium erneut an anderer

Stelle wieder unberechenbar auf sowie in eine unverfängliche Situation hinein. Und das höchste der Gefühle im interaktiven Ringen um Wissen oder Dasein, nämlich die eigentliche Bewandtnis, wird einen Supi nicht erleuchten; denn die Einfachheit dieser Bewandtnis ohne großes Gehabe widerspricht elementar der aufwändigen Selbstinszenierung - sodass ein Einsehen von dieser Seite wenig wahrscheinlich ist. Einzig die unvermittelte Ignoranz, das unangekündigte Schweigen, die vom Supi so gehasste Leere ist es, die einen solchen Kommunikationsnarzissten im besagten Fall ruhigzustellen vermag. Was zunächst brutal anmutet, erweist sich aber selbst für den sozial Ausblutenden am Ende als vorübergehend entlastende Erweiterung seiner Einsamkeit hin zu neuer Größe - denn zumindest wirkt sein Sermon dann ungestört wie Salbei auf seinem Symptom.

Supis begegnen uns überall da, wo die Anonymität ihnen jede Menge virtuellen Platz zur Expansion einräumt. Das Internet mit seinen vielen Möglichkeiten der Entfaltungsverschleierung leistet dem Phänomen dieser Charaktere zwar besonderen Vorschub, aber auch im realen Leben verstehen diese Sondergänger sich mit vielerlei sozialer Verspiegelung ihrer Gesichter ins rechte Licht zu rücken. Dabei geben sie entweder kaum etwas von ihrer wahren Identität preis, oder sie überschütten die Welt mit ihren Lebenslauftiraden derart, dass es müßig ist, diese verstehen zu wollen - neben den vielen anderen, deren roter Faden aus Ich-Botschaften sich durch das gesamte Phänomen zieht. Und wenn sie einmal wieder abgetaucht sind, oft ohne ein Wort des Abschieds zu hinterlassen, lauern sie stumm auf das nächste freie Rampenlicht, um sich kurz darauf unwirklich in das gespielte Stück einzufinden. Hier und da, vor allem, wenn sie sich beleidigt fühlen, verlassen sie auch gerne mit großem Tamtam für eine längere Zeit die Bühne; allerdings immer nur so lange, bis ihr Tiefenschmerz den vorausgegangenen Affront wieder überstrahlt.

Irgendwann dann fällt es vielleicht dem einen oder anderen beiläufig auf, dass eine bis dahin nicht wegzudenkende Supinatur das Feld dauerhaft geräumt hat. Auch ein Supi ist es einmal satt; entwe-

der durch Überdruss an einer Lust, die ihn sich selbst in andere Geis-
tesfetische hinein lieben lässt, oder wenn er sich nach einer langen
Odyssee durch Illusionen derart ausgetobt hat, dass all die abgestor-
benen Bewusstseinswülste unterm Zahn der Zeit vernarben. Dann
verwächst der Rest der Lebenslüge zurück im angestammten Käfig
mit dem Urkomplex, und er verkapselt sich im Schweigen über dem
Kristallweinglas mit billigem Fusel .

So ein Supi ist oft vor allem eines: Eine arme Wurst.

Nachhause gehen

> Bald darf ich nach Hause.

>> Echt jetzt? So plötzlich? Das sind ja tolle Nachrichten. Was hat denn der Dok gesagt?

> Das Übliche, was er bei jeder Visite sagt.

>> Das klingt allerdings nicht gerade vielversprechend.

> Was sollte er auch versprechen? Sie wissen ja: Man könnte, man müsste, man sollte.

>> Verstehe - im Sinne der Entlastung der Krankenkasse.

> Wohl auch. Aber das juckt mich nicht. - Morgen wohl schon.

>> Das juckt Sie morgen?

> Nein, natürlich nicht. - Ich meine, ich schätze mal, morgen darf ich gehen.

>> Ah so. - Na, ich beneide Sie ein wenig. So entspannt, wie Sie jetzt durchatmen. Sie hatten ja zwischenzeitlich wirklich Pein die letzten Tage. - Bei mir wird sich das jedenfalls noch eine Weile hinziehen hier.

> Aber Sie haben gute Aussichten.

>> Sicher, wenn die Prognosen stimmen ... Und fühlen Sie sich stark genug? Sie sehen schon noch etwas blass aus, so um die Nase.

> Kein Wunder, bei dem Geliege hier. - Nee, ich hab's mir wohl überlegt.

>> Das hört sich für mich eher so an, als wenn Sie auf eigenes Risiko gehen wollen.

> So gesehen, ja. Das Risiko kann mir der Arzt ja auch nicht nehmen - letzten Endes.

>> Nein, aber er trägt eine Verantwortung ...

> Für was? - Wenn ich hier raus bin, ist er aus dem Schneider.

>> Da müssen Sie sicher was unterschreiben.

> Ich unterschreibe gar nichts.

>> Und wenn er Sie dann nicht gehen lässt?

> Wird ihm nichts nutzen. - Er hat die Technik ... und ich weiß, was mir fehlt. Es wird ihm kaum etwas anderes übrig bleiben, als mich ziehen zu lassen.

>> Paragraph 239 also.

> Wie meinen Sie?

>> 239 Strafrechtsparagraph, von wegen Freiheitsberaubung.

> Iwo, so weit lasse ich das gar nicht kommen. Ich bin einfach weg, und gut ist; ganz unbürokratisch.

>> Also, wenn Sie sich das mal nicht zu einfach vorstellen. - Heute Morgen haben Sie es ohne die Hilfe der Schwester kaum aufs Klo geschafft.

> Einfach vorstellen? - Sie tun ja gerade so, als wäre ich diesen Göttern in Weiß geweiht. - Pff ... ja, sicher ... man steckt nicht drin. Aber es wird gehen. - Ich werde schließlich abgeholt.

>> Wie? - Ach so, dann sind Sie gar nicht ganz alleine, wie sie eingangs erzählten.

> Ich war nie alleine - nur einsam, die letzten Jahre. - Aber das soll sich in Zukunft wieder ändern.

>> Wenn ich mal so die vergangenen beiden Wochen zurück denke ... Sie hatten kein einziges Mal Besuch, Ihre Vase auf dem Nachtisch ist chronisch leer, und Sie tun den ganzen Tag nichts anderes, als kleine Notizblätter zu beschriften, wann immer es ihre Schmerzen zulassen. - Es geht mich ja nichts an ... aber was schreiben Sie da immerzu auf?

> Einkaufszettel? - Ha, ha, nein ... Spaß beiseite. Das sind so kleine Träume, die mir vor allem aus den vergangenen Nächten im Gedächtnis geblieben sind. Ich schreibe sie auf, damit ich sicher sein kann, dass ich sie hatte, wenn ich gehe.

>> Um dann, mit dem, der Sie abholt, darüber zu reden?

> Die ... die mich abholt ... - Sie haben es erfasst: Um mit ihr darüber reden zu können.

>> Sie sind mir ja ein schöner Geheimniskrämer. - Na, die Dame hätte Sie aber auch mal besuchen können, wenn sie mich fragen.

> Unter anderen Umständen bestimmt, aber sie ist zur Zeit nicht greifbar - Wenn ich der Einsamkeit je etwas abgewinnen konnte, dann in den Tagen und Wochen meiner Krankheit ... ich mochte es als Kind schon nicht, wenn wer um mich herum wuselte, während es mir nicht gut ging. - Insofern geht diese Art der zwischenmenschlichen ‚Unabhängigkeit' in Ordnung.

>> An Ihnen ist echt ein Philosoph verloren gegangen. - Wie lange kennen Sie denn diese ... Bekannte? Freundin? Frau?

> Warten Sie ... das geht schon eine Weile ... ach, was sage ich, zig Jahre. Im Nachhinein frage ich mich schon lange, ob ich sie je richtig kennengelernt habe. Jetzt besonders, da ich unser Wiedersehen zugleich ersehne wie auch ein wenig fürchte.

>> Soll heißen, Sie sind sich nicht ganz im Reinen miteinander?

> Doch, prinzipiell schon, aber vielleicht weiß sie längst mehr als ich. Sie hat sich bestimmt weiter entwickelt. Da möchte ich nicht unvorbereitet sein.

>> Liegen wohl mittlerweile Welten zwischen Ihnen, was? Hut ab, dass sie sich nun trotzdem wieder Ihrer annehmen will.

> Welten - so gesehen ja. Ach wissen Sie, letzten Endes spielen die Reibereien und gegenseitigen Unzulänglichkeiten des Alltags der Vergangenheit nicht mehr die tragende Rolle. Wichtiger ist so eine letzte Gewissheit - Ich habe viel drüber geträumt. Aber nun bin ich mir sicher, Sie holt mich ab.

>> Na, wir werden sehen, was die Visite bringt; wenn ich Sie mir momentan so anschaue, wären Sie vielleicht noch ein paar Tage hier gut aufgehoben, meinen Sie nicht auch?

> Was? Em ... nein; Ich mache mich eventuell sogar noch früher aus dem Staub ... wenn ich mir so meine Zettelchen betrachte ... ist alles notiert soweit und passt. - Sie weiß zumindest, dass ich noch nicht zu Hause bin. Der Rest ergibt sich weiß Gott von selbst.

>> Aha. Aber zum Frühstück bleiben Sie noch, oder? Ich würde Ihre verschroben witzige Art wirklich missen.

> Danke für das Kompliment. Ich kann es Ihnen dennoch nicht versprechen, nur so viel: Bei einem verfrühten Aufbruch werden wir Sie nicht aus dem Schlaf reißen.

Die Überbringerin

Ich bin ja nicht abergläubisch, und doch komme ich nicht umhin, mir Gedanken zu machen über wahr-scheinlich zusammenhanglose Geschehnisse der letzten Tage.

Eine Katze ist eine Katze, sagt man, und in ihrer individuellen Eigenheit kaum ergründlich. Selbst die Körper- und Lautsprache dieser Spezies kann so vielfältig auf menschlicher Ebene fehlinterpretiert werden, dass naheliegende, aber verborgene Wahrheiten darin keine Erwägung finden. Was soll auch schon sein, wenn von heute auf morgen so ein rabenschwarzes Tier miauend durch einen Spalt im Gartenzaun schlüpft und mir spontan die Treue hält? Was hat es schon zu bedeuten, wenn es nicht mehr von meiner Seite weicht und sich auch nach mehreren freundlichen aber bestimmten Verweisen durch das Gartentor immer wieder bei mir einfindet? Es wird kaum spezielle Gründe geben, warum es ausgerechnet bei mir seine neue Anhänglichkeit pflegt, ohne eine solche je entwickelt zu haben; und dies, obwohl hier auf dem abgelegenen Land in der Nachbarschaft eine reiche Auswahl an Tierliebhabern aller Art vorhanden ist. Im Gegensatz zu mir nehmen die so ziemlich alles auf, was man durch den Winter päppeln kann, was ihnen unterkommt. Und doch musste nun ich dran glauben in einem von Stürmen gepeitschten Herbst und mich dieser Katze annehmen.

Mir war schon schon seit kurzem nicht ganz wohl ums Herz, und ich hätte sicher gerne für mich alleine jene undefinierbare Ungemütlichkeit in meinem Gemüt mußevoll verarbeitet - bei Kerzenschein und ohne störende Erleuchtungen jedweder tierischen Begleitung. Solch eigenbrötlerische Einstellung birgt sicher die Arroganz, die Dinge direkt selbst durchschauen zu wollen, anstatt auch die Reflexion ihrer Spiegelbilder in Betracht zu ziehen. Es liegt dabei in der Natur der Sache, dass mir diese Überlegung mitnichten zu dem Zeitpunkt in den Sinn kam, als ich dem tierischen Besuch anheim fiel, sondern erst nach der wahr-scheinlichen Offenbarung dieser Zwei-samkeit.

Da verweilte sie nun, von früh bis spät, auf meinem alten Sofa, nachdem ich schließlich nachgegeben und der dunklen vierbeinigen Schönheit zumindest Einlass in mein Wohnzimmer gewährt hatte. Ich gab ihr den Namen Humpelchen, weil sie ihre rechte Hinterpfote etwas nachzog. Entgegen meiner Befürchtung fiel sie mir weiter nicht zur Last. Sie ließ mich in Ruhe die Routinen des Tages verrich-ten und mich ansonten in meiner eigenen Zurückgezogenheit ge-währen. Außer hier und da an Regenwasserresten auf meiner Veran-da zu nippen, nahm Humpelchen kein Fressen von mir an. Dabei sah sie gut genährt aus und ihr Fell glänzte gesund unter den letzten zaghaften Sonnenstrahlen des dahinscheidenden Jahres. Nur manch-mal verließ sie ihre weiche Liegestätte und strich mir um die Beine, ließ sich ohne Murren und Schnurren streicheln und miaute gerade so, als ob sie mir etwas ganz Besonderes mitteilen wollte. Allein, ich maß dem keine große Bedeutung zu. Aber genau diese Aufmerksam-keit schien meiner neuen Kumpanin zu fehlen. Zurück auf ihrem mittlerweile angestammten Platz, ließ sie mich umso weniger aus den Augen; ja sie tat dann etwas, das man unter anderen Umständen als durchaus feindselig hätte interpretieren können. In der Pose einer Sphinx harrte das geschmeidige Tier in solchen Momenten auf dem Sofa, und starrte mich aus seinen leuchtend grünen Augen unent-wegt an. Und wahrscheinlich hätte Humpelchen auch nichts mehr davon abbringen können, wenn ich nicht immer nach einer gerau-men Zeit klein beigegeben und diese eher unangenehme Fixierung mit einem freundlichen Zuspruch beendet hätte. Für den Moment kehrte so wieder die gewohnte Entspanntheit zwischen uns ein - eine Entspanntheit gleichsam dem Verdrängen einer schleichenden Be-sorgnis. Mir war es recht, lenkte mich das Tier doch ein wenig von meiner emotionalen Missempfindung ab. Später, mit Einbruch der abendlichen Dämmerung verschwand der Stubentiger regelmäßig und ohne jede Aufforderung in der Nacht. Und am folgenden Morgen erschien er ebenso sicher wieder vor der Verandatür, wo er mit moderaten Katzenlauten um Einlass bat.

Zwei Wochen ging das so, und es hätte wegen mir auch so bleiben können, wenngleich dieser Stabilität etwas Trügerisches innewohnte. Eines frühen Nachmittags dann, an dem ich mich seit längerer Zeit wieder einmal dazu aufraffen konnte, meine Eltern in der fernen Heimat anzurufen, verließ Humpelchen ganz entgegen ihrer Gewohnheit das Sofa, miaute mir einige Male zu und schlüpfte durch die leicht geöffnete Tür dem unwirtlich windigen Regenwetter entgegen. Noch bevor ich sie davon zurückhalten konnte, war schon die Nummer meines elterlichen Zuhauses gewählt, und ich hatte meine Mutter am Apparat. Sie freute sich umso mehr, da sie selber schon versuchte hatte, mich etliche Male zu erreichen, was aber aus unerfindlichen technischen Gründen stets fehlgeschlagen war. Mit ihrer Freude brachte sie jedoch zugleich ihre Bestürzung in der unmittelbar darauf folgenden Nachricht zum Ausdruck. Meine Tante, mit der mich seit Kindheitsbeinen ein besonderes familiäres Verhältnis verband, war unerwartet verstorben. Sie starb an dem Tag, an dem Humpelchen mich zum ersten Mal heimsuchte. Seit diesem betrüblichen Telefonat mit meinen Eltern, steht meine Terrassentür nun täglich für ein paar Stunden einen Spalt breit offen ... aber Humpelchen hat bis heute ihren Weg nicht mehr zu mir gefunden.

Perla

Seit ungefähr gestern Abend habe ich eine neue Liebe gefunden. Eigentlich ging es dann doch recht schnell mit uns beiden, nachdem sie mir zunächst in grauen Vorahnungen schon noch abkömmlich erschien. Nein - ich habe sie nicht gestalkt, um sie nun so weit zu bringen oder so; eher war es umgekehrt: Sie ist mir zwischen dem Frühstück und dem Weg zur Arbeit begegnet, beiläufig; und auch wenn ich ihren unerwarteten Gruß in der Hektik unterwegs lediglich mit einem flüchtigen, ja beinahe arroganten Schmunzeln abnickte, saß sie plötzlich in der U-Bahn erneut neben mir - still, wie eine Puppe, der man erst noch Charakter ins Gesicht hauchen musste.

Zugegeben, ich beachtete sie nicht weiter beim Gleiswechsel. Aber sie war hartnäckig und schlüpfte wohl zwischen dem in die Bahn drängenden parfümiert-muffigen Pulk in meine Gedankenlosigkeit zurück. Nur ein Duft stach aus der Mitte der mich umgebenden Menge heraus, angenehm und unaufdringlich. Obwohl ich nicht weiter nach der Quelle Ausschau hielt zwischen Köpfen, Beinen, Taschen und verstofflichter Menschlichkeit, gewann die Idee davon sehr nah um mich Gestalt. - War sie es dort, oder sie, oder vielleicht er? Nein, letzteres passte gar nicht.

Immerhin nahm ich diese Assoziation mit auf meinem weiteren Weg vom letzten Bahnsteig zum Zeitungskiosk. Und auch da schlawenzelte jener Schatten permanent und doch wie verzwickt nicht greifbar um mich herum, während ich diverse Schlagzeilen überflog: ‚Armes Ding; so jung schon so tragisch ums Leben kommen zu müssen'. Ich erschrak kurz ob meiner Abgelenktheit, geschuldet einer journalistischen Gefühlsduselei. Hatte sich meine Begleiterin etwa aus dem Staub gemacht? Nein - ein Glück; ich ertappte meinen Herzschlag auf den Fährten eines Anfluges von Verlustangst, derweil ich in den Bus zum Flughafen stieg. Aber Perla war noch da. - Perla? - Vorgestellt hatte sie sich mir nicht. Perla, wie das klang; so nicht gerade deutsch ... so schön weit weg ... exotisch. Und ihr Gesicht ging mit einem Mal in meinem Bewusstsein auf. Sie wusste schon, wie ich sie mit ihrem Rarmachen interessant in meinem Hinterkopf behielt, und das mit jedem weiteren Gedanken, den sie auf meinem Restweg zum Arbeitsplatz festigte. Sie wollte doch nicht etwa mitkommen? - Aber natürlich, sollte sie; denn ich konnte nicht mehr anders. Sie musste allerdings warten. Im Besucherraum würde es sie wahrscheinlich nicht lange halten, und im Leitungsbüro würde sie versauern. Also mit in den Tower. Aber eins gab ich ihr zu verstehen: Keinerlei gedankliche Ablenkung. Sie tat mir Leid, wie sie sich so geschlagen geben musste und doch nicht umhin konnte, sich gefügig an meine Fersen zu heften.

Dann kam eine zwiespältige Zeit. Als Fluglotse blieb mir nämlich für den Rest des Tages dieselbe nicht, um Perla weiter diesem Teil meines Lebens Zutritt zu gewähren. Es war Ferienzeit, und die Kontrollstreifen an meinem Arbeitsplatz kannten keine Gnade. Sie hatten für die nächsten Stunden absolute Priorität. Und selbst in den Pausen dazwischen konnte ich Perla kaum meine Aufmerksamkeit zukommen lassen, weil immer von irgendwo ein gestresster Kollege mit einem unaufschiebbaren Anliegen auf mich zu kam. Dabei wich sie anfangs nicht von meiner Seite. Vor allem, wenn ich mit Fliegern aus dem Süden oder aus Übersee beschäftigt war, lugte sie mir hier und da geheimnisumwoben über die Schultern. Das war einerseits angenehm und dennoch wenig hilfreich hinsichtlich meiner dringend benötigten Konzentration. Schließlich musste ich mich selbst innerlich harsch zur Ordnung rufen, als mir kurz vor Dienstende noch ein Flieger mit einem medizinischen Notfall unterkam. Perla schmollte, als wenn sie selbst diejenige gewesen wäre, um deren Leben es ging. Aber das nahm ich nicht weiter ernst, wenngleich ich ihren Gedanken heimlich verinnerlichte.

Ziemlich erschlagen von den Strapazen des Dienstes nahm ich die Einladung eines Kollegen gerne an, mich nach Hause zu kutschieren. Die Ersparnis von zwei Mal Umsteigen und überfüllter Rushhour könnte ich auf diese Weise an meine neue Begleiterin zurückgeben, später am Abend. Dass Perla mitkommen würde - quasi auf dem Rücksitz des Bewusstseins - stand außer Frage, und doch hatte ich das ungute Gefühl, sie könnte das Interesse an mir verloren haben in Anbetracht einer gewissen realitätsnahen Untreue meinerseits über den Tag. Aber sie nun gänzlich zurück zu lassen und sie alleine in die ungeschriebenen Wirren des Abends und der Nacht zu verstoßen, ging mir gegen den Strich. Die Fahrt verging wie im Flug. Schuld daran waren weniger die sich eher langziehenden Schleichwege zwecks Umgehung des Autobahnstaus als mehr die endlose Litanei meines Kollegen über seine gescheiterte Beziehung. Hoffentlich würde das Perla erspart bleiben, bei ihrem ohnehin schon nervenaufreibenden Schicksal in meiner Vorstellung.

Der Fernseher blieb an diesem Abend aus; seit langem zum ersten Mal. Meine stille Leidenschaft, Geschichten des Lebens zu Papier zu bringen, hatte ich seit meinem dienstlichen Aufstieg in den Tower schändlich vernachlässigen müssen. Mir fehlte einfach die Kraft nach vollbrachtem Tagewerk - noch dazu im Schichtdienst. Aber nun war Perla bei mir. Sie war mir den ganzen Tag gefolgt - quasi inspirativ - und machte auch jetzt keine Anstalten, mich in Frieden zu lassen. Ein fast unbeschriebenes Blatt eigentlich - so wenig, wie ich von ihr wusste - hatte ich da nun vor mir. „Liebe Perla", murmelte ich in Gedanken zu meinem Romanvorwort, „du sollst mir nicht umsonst begegnet sein. Und es wird vielleicht nicht leicht, aber wir werden es schaffen ... und du musst überleben; das verspreche ich dir."

Auf immer mein

Pit schaute sich sein Spiegelbild an diesem Morgen besonders akribisch an. Ihm ging das alte Sprichwort durch den Kopf: ‚So wie du dich an deinem fünfzigsten Geburtstag fühlst, so bekommst du dich für den Rest des Lebens zu spüren.' Mit seinen Händen fuhr sich Pit sanft über Wangen und Stirn; nicht etwa um die kleinen Fältchen glattzubügeln, sondern um seinem Körpergefühl sich selber gegenüber Ausdruck zu verleihen. ‚Na ja, so übel nicht', überlegte er, ‚als Schrankenwärter einer verwilderten Nebenstrecke tut man sich eben nicht dicke - da darf der Bauchansatz schon mal sein.' Pit zog die chronisch verstopfte Nase hoch, zwinkerte ein paar mal über das ebenso eingefleischte Lidzucken hinweg und beschloss die morgendliche Selbstkontrolle mit einem energischen Räuspern. Nein - so würde er sich heute nicht gehen lassen, nach all den Jahren des innerlichen Zusammenhaltes und der Treue, mit der seine Seele ihn durch Dick und Dünn begleitet hatte.

Als Single aus Überzeugung hatte Pit stets darauf verzichtet, ein großes Theater um seinen Jahrestag zu machen. So viel Umstand für nichts, unnötige Geldausgaben für ein erzwungenes Selbstdarstellungsfest inklusive dazu passender Geschenkplattitüden lagen ihm nicht. Ihm blutete auch nie das Herz ob seiner so gearteten Standhaftigkeit, wusste er doch um die bedingungslose Treue der inneren Instanz. Diese und er, sie verstanden sich auch so - ein genügsames Paar, ein Yin und Yang perfekter Individualität. Eins gab seit je her das andere und umgekehrt - doch sich niemals so sehr hin, dass der jeweils andere Teil darunter leiden müsste. Es war sicher nicht immer alles perfekt in Pits Selbsterleben, und dieses zu verklären, verbot er sich aus Prinzip; sein stilles Gegenstück konnte einfach nie anders als er.

‚Auf jeden Fall nichts Besonderes! Nur nichts Besonderes!', schwor sich Pit entschlossen am Frühstückstisch auf seinen Jahrestag ein. ‚Es gibt nichts Schlimmeres, als schlagartig einem Klischee zu verfallen.' Er hörte in sich hinein: Nichts Besonderes eben, außer das so vertraute Gurgeln des Kaffees im Magen, welches Pit offensichtlich gleichgesinnt zu gluckste. Mit einem beinahe schon erleichterten ‚Also dann - nur eine Kleinigkeit', erhob der Bahnangestellte sich und verließ sein einsam gelegenes Holzhaus am Waldrand in Richtung seines Arbeitsplatzes, der Wärterbude, 100 Meter weit von Pits Heim entfernt. Dort angekommen, setzte er wie üblich den ersten Kaffee von so vielen durch den Tag auf. Dann legte er seine vorbereiteten Butterbrote - immer vier an der Zahl - nebeneinander vor dem Kaffeeautomaten ab. Alle zwei Stunden eins - passend zur jeweiligen Passage des Zugs von dem einen Ort durch den Wald zu einem anderen. Pits einsamer Bahnübergang lag genau dazwischen. Auf seine Brotpausen war Verlass, die gingen fast genauer als die Bahnuhr über seinem Klapptisch. Dort nahm Pit dann auf einem von ihm üppig gepolsterten Stuhl Platz und gab sich in den Stunden zwischen seinen verantwortungsvollen Einsätzen an der Schranke einem dicken Rätselbuch hin.

‚Nur nichts Besonderes! Nur nichts Besonderes!', ging es Pit nach dem zweiten Brot und dem vierten Kaffee zum wiederholten Mal durch den Kopf. Es ging auf Mittag, und diese gedankliche Phrase begann den Bahnwärter zu ärgern. Heute hatte sein Innerstes es aber auf ihn abgesehen, als wenn seine treue Seele ihm den Tag irgendwie madig machen wollte. Warum nur? War doch alles so gut gelaufen vor dem Spiegel. - Zudem verpasste er über diese innere Eskapade doch beinahe eines seiner Brote. „Nur nichts Besonderes. Nur nichts Besonderes - Mann, Mann, Mann!", wütete Pit auf dem Rückweg von der Schranke sanft in sich hinein. „Da riskiere ich wegen so einem Mist beinahe einen Notstopp auf der Strecke - und du bist Schuld!" Er hatte diesen Satz noch nicht ganz zu Ende gesprochen, da stach es ihn unvermittelt ins Herz. „Herr Gott nochmal, was ist denn heute bloß in dich gefahren?!" Pit bäumte sich auf seinem Sitz vor diesem Schmerz auf. „Lass es!", rief er laut aus. „Mach mich nicht wütend!" Der Schmerz ließ nicht locker, und der von ihm Gepeinigte begann zu jammern: „Dabei wollte ich es uns heute Abend gemütlich machen - wie immer - du wolltest doch nichts Besonderes." Wieder stach es in seiner Brust. „Lass mich endlich los - lass mich ein für allemal los!", stöhnte Pit. „Was willst du denn? Ich kann doch nicht anders." Mit einem Mal durchströmte ein abruptes Nachlassen des Schmerzes den schweißgebadeten Mann vor seinem Kreuzworträtsel. Gleichzeitig entließ Pits Körpergefühl dessen Gedanken in ein klägliches Wohlgefallen. Unter milchigem Blick, und bevor die Kräfte ihn vollends verließen, stammelte er mit zittriger Schrift seine Antwort in die Lücke der letzten Frage des Rätsels:

Floskel der Treue mit vier Buchstaben - Für immer ... ‚M E I N'.

Ländereien abzugeben

Internationale Schnäppchenjäger aufgepasst!
Wegen kontinentaler Aufgabe zu verpachten: Mehrere in die Jahre gekommene, abgehalfterte aber rundum befriedete Länder!

Die Landstriche werden kanonenrein und souverän-fertig angeboten; ein Zweitsouveränitätsschlüssel verbleibt beim Verpächter bzw. Übergangsverwalter zwecks Notöffnung und Intervention für den Fall, dass sich die neuen Langzeitbesetzer unachtsam selbst aussperren oder sich ihres Lebens in ihrer neuen Heimat aus bis dato unerfindlichen Gründen der Überwerfung nicht mehr sicher sein können.

Das Land wird in einem Ruhe- wenngleich nicht in einem Rohzustand übergeben. Eine Grundbeackerung seitens des Verpächters erfolgte nach bestem Wissen in dessen Sinne. Die angebotenen Parzellen gelten gemeinhin als stabil, dennoch ist hier und da das Auftreten veralteter politischer Blindgänger respektive gesellschaftsunfähiger Findlinge nicht ganz auszuschließen. Zur Vermeidung daraus potenziell erwachsender, tendenziöser Unkulturen sind diese beim Aufflammen im eigenen Interesse zu erniedrigen und im grenzüberschreitenden Gefahrenfall immer dem Verpächter zu melden. Er steht im Extremfall gerne zwecks Befreiung davon zur Seite. Größere alt-revolutionäre oder gar kriegerische Brandflecken, sind grob bereinigt, bedürfen aber vor einer neuen Besetzung einer intensiven gesellschaftlichen Ausdünstung. Für die entsprechende Durchführung dieser Grundierungsarbeiten ist der Pächter verantwortlich. Unverbesserliche Schäden hingegen sind besonders markiert und stehen unter Denkmalschutz, können aber dekorativ im Rahmen entsprechender Würdigung kaschiert werden.

Zum Zeitpunkt der Übergabe hängt der allgemeine Gebrauchtzustand des jeweils offerierten Fleckens Erde vor allem von Kollateralbeeinträchtigungen etwaig vorausgegangener Konflikte ab. Anspruch auf Unversehrtheit besteht deswegen grundsätzlich nicht. Jedes Land ist zudem ein Unikat, und kann von Spuren gesellschaftlicher Abnutzung und/oder kulturellen Gebrauchs (teilweise auch exzessiver Natur) gezeichnet sein. Insoweit Kulturüberreste zur Weiterverwendung geeignet scheinen, kann dies vom neuen Pächter nach Absprache mit dem Verpächter in Betracht gezogen werden; dabei ist, wenn möglich, auf eine weitestgehend sinnfreie Form zu achten. Die entsprechenden traditionellen Überbleibsel sind frei von jeglichen Rechten und dürfen vom Pächter nach eigenem Ermessen neu definiert und gestaltet werden, immer aber im Konsens mit den unter Verschluss zu haltenden Vertragsbedingungen.

Für den Aufbau und die Neueinrichtung des überlassenen Gebietes zeigt sich der neue Landesführer dienstlich. Ihm obliegt die Einteilung innerhalb der bereits vorgegebenen Strukturen nach eigenem Ermessen. Eine Änderung der Hauptstruktur darf dabei angesichts zu erwartender Instabilität nicht ohne die Einwilligung des Verpächters erfolgen. Die Doktrin der **Z**eitlosen **I**ntegrierten **G**eschlossenheit (ZIG-Verordnung) hat bei allen Pachtverträgen der neuen Generation Vorrang vor dem veralteten **P**rinzip der **I**ntegren **O**ffenheit (PIO), jenem in der Vergangenheit zu Verwerfungen führenden Freiheitsprinzip.

Grundsätzlich sind bei der Übernahme nach den aktuellen Vertragsvorlagen folgende Punkte zu beachten und Zustände zu gewährleisten:

1. Die neue Ausschmückung des öffentlichen Raumes muss überlappend erfolgen; Anstoßstellen sind zeitnah dementsprechend zu überdecken oder mit Dichtungs-Masse zu kitten und tuschieren.

2. Das Ausleben innerhalb vorgegebener Privaträume genießt Narrenfreiheit zur Wahrung und Beruhigung des Souveränitätsgedankens, solange dieser sich entweder verschwiegen gibt hinsichtlich revolutionärer Ideen, oder im Falle seiner Veräußerung ausschließlich unverbindlich und unverfänglich traumtanzen lässt.

3. Die Verbindung der genannten Räume findet immer im Rahmen des übergeordneten Interesses statt.

4. Insgesamt soll der Eindruck der sozialen Gepflegtheit entstehen, ungeachtet vereinzelter Schönheitsfehler. Letztere können unter Zuhilfenahme öffentlicher Schablonen nivelliert und auf ein erträgliches Maß hin relativiert werden.

Eine Garantie gibt es weder auf zukünftige Unversehrtheit des Pachtlandes noch auf mutwillig herbeigeführte Herauslösung dessen aus der Umwelt. Im letztgenannten Fall greift allerdings das ordnende Zweitschlüsselrecht des Verpächters zwecks stabilisierenden Eingriffs in den Lauf der Dinge. Die Souveränität des neuen Landesinhabers wird dabei nicht infrage gestellt, sondern lediglich neu beantwortet.

Allerdings kann der Pächter Gewährleistungsansprüche im Hinblick auf etwaige flächenübergreifende Schädigungen von innen geltend machen, welche schon bei der Übergabe vorauszusehen waren. Dieser Gewährleistungsanspruch ist unabdingbar, es sei denn, es handelt sich lediglich um lokale Strukturschwächen, die der Pächter selbstverantwortlich aushandeln muss.

Jeder Pächter handelt grundsätzlich nach eigenem Gutdünken. Zu Vertragsende muss er allerdings das Land dem Verpächter wieder in dem Zustand übergeben, in welchem es ihm zur Verfügung gestellt wurde. Die reguläre Kündigungsfrist beträgt mindestens eine Bürgerkriegslänge. Aus wichtigem Grund - beispielsweise vertraglich vorverfügter Ausnahmeannektierungen durch Dritte - kann der Vertrag durch eben diese auch kurzfristig, jedoch frühestens bis nach dem nächsten Weihnachtsfest gekündigt werden. Spätestens aber am darauffolgenden Aschermittwoch sollte dann endgültig Schluss sein.

Katzenpetze

Man sagt, Tiere seien manchmal wie Kinder: Verspielt, trotzig und unheimlich ehrlich in ihren Verhaltensausbrüchen. Und wie letztere sehr wohl ihr Verhalten an die wie auch immer geartete Aufmerksamkeit ihrer größeren Artgenossen anzupassen vermögen, tun es ihre tierischen Pendants ihnen durchaus gleich. Wer sich fernab des Interesses eines solchen instinktgetriebenen Energiebündels wähnt, weil er etwa sein verstandesmäßiges Bewusstsein in den Elfenbeinturm seines Hochmutes sperrt, fällt nicht selten auf die Nase. So geschehen vor vielen Jahren in einem Zoo.

Ottokar war der Kleinste, aber nicht unbedingt der Hellste in seiner Klasse; dafür mit Abstand der Mutigste; eine explosive Eigenschaftskombination. Er war immer auf der Suche nach der Aufmerksamkeit seiner Mitschüler. Wo etwas in seinem Sinne los war, erlebte Ottokar sich als unüberwindbarer Held seiner von ihm geschaffenen, manchmal gemeinen Situationskomik. Niemand stahl ihm da die Schau, oft zum Leidwesen der Eltern und Lehrer. So war es auch nicht verwunderlich, dass sämtliche Haustiere der Nachbarschaft einen großen Bogen um den Schulzwerg machten, welcher sich gerne einen Streich mit ihnen erlaubte. Die Tiere waren kleiner als er und damit in seinen Augen geringer. Mit ihnen konnte er es machen; und wenn er wieder einmal einen Eimer Wasser über der Katze von nebenan entleert hatte, und diese kreischend davon staubte, dachte Ottokar beim abendlichen Händefalten im Bett niemals darüber nach, ob dem Tier das viele Stunden zurückliegende kalte Ereignis noch zu Schaffen machen könnte. Am nächsten Tag war die Katze schließlich so blöd wie immer in seinen Augen. Was Ottokar allerdings nicht wusste, war, dass die Katze jenseits seiner Übeltätereien in Gefilden streunte, die dem unbekümmerten Tunichtgut bald zum Verhängnis werden sollten.

Ein Besuch im Zoo stand an. Da war Ottokar noch nie. Obwohl der Tierpark gleich an das letzte Grundstück in Ottokars Straße grenzte, hatten es seine schwer beschäftigten Eltern bis dahin nicht geschafft, ihren Jungen einmal dorthin auszuführen. Alleine oder mit anderen Kindern und Eltern zusammen traute er sich aber auch nicht; er hatte Angst, die wilden Tiere könnten aus ihren Käfigen springen und ihn jagen. Ottokars Lehrerin bestand aber auf der Teilnahme ihres Schülers, alleine schon aus pädagogischen Gründen. Missmutig folgte er der Aufforderung der Lehrerin und der harschen Anweisung seiner Mutter, welche ihm diesmal das Bauchweh nicht durchgehen ließ.

Lustlos nahm Ottokar am Geschehen im Zoo teil. Anfangs versuchte er auch hier, durch seine Kaspereien zu glänzen, aber er brachte es nicht fertig, der tierischen Vielfalt die Aufmerksamkeit der Besucher abzutrotzen. So nutzte er diese Auszeit zum genaueren Beäugen der Käfige; etwa, ob diese auch ihm zum Schutz wohl verschlossen waren. Am Elefantengehege stockte er und trat näher an die Absperrung heran. Es waren aber nicht die Dickhäuter der Grund seines aufflammenden Interesses, sondern eine ihm wohl bekannte Kreatur aus der Nachbarschaft. Zwischen den Beinen eines gemächlich umher albernden Jungelefanten trollte sich doch wahrhaftig Nachbars Katze. Ottokar erkannte sie an ihrem weißen Fleck auf der Stirn. „Hier also treibst du dich herum, wenn ich dich im Garten nicht finden kann, du Miaubiest", raunte er sich auf die Lippe beißend durch das Gehegegitter. Dann beobachtete er, wie sich der mächtige Elefantenbulle etwas abseits eine kräftige Wasserdusche aus seinem Rüssel gönnte. Die Katze streunte derweil unbehelligt immer in der Nähe des Jungtieres umher; schaute an ihm auf, und wenn der kleine Elefant mit seinem Kopf nickte, sah es fast so aus, als ob diese beiden sich unterhielten, ja, schon lange kannten. Ein wenig Neid keimte in Ottokar auf. Er wünschte sich augenblicklich, dass der Bulle dem schwarzen Biest eine ordentliche Wasserbombe verpasste. Während der Junge beim Betrachten des ungleichen Paares auf heimische Rache an seiner Missgunst sann, fühlte er sich zunehmend beobachtet von den Tieren. Aber was konnten die schon vom Gehege aus gegen ihn ausrichten. Als sich der große Elefant schließlich zu seinen Käfiggenossen hinzu gesellte, wurde es Ottokar dann doch unheimlich. „Ja, du blödes, mickriges Miaubiest, jetzt kommst du dir wohl groß vor. Aber warte auf heute Abend. Da mache ich dich fertig." Ottokar streckte dem Dreiergespann die Zunge derart lang heraus, dass es ihn fast schmerzte. „Oder glaubst du etwa, dass dir deine dicken fetten Freunde dann helfen können?" Und ehe er sich Grimassen schneidend noch weitere Gedanken über ein schon lange gehegtes Komplott seitens der Tiere gegen ihn machen konnte, hatte der Bulle seinen Rüssel voll Wasser getankt und dem Jungen mit einer ausschweifenden Fontäne die nasskalte Antwort mitten ins Gesicht gespritzt.

Paul Imaginatus

Ein greller Frühsommertag, an welchem Paul nicht so recht zu sich finden mochte. Die Sonne schien, die Luft war klar, aber weder dem morgendlichen Vogelgezwitscher, noch dem milden verführerischen Rausch des leichten Windes durch die Bäume der Allee vor seinem Fenster konnte der müde Langschläfer etwas abgewinnen. Dieser Samstag und noch schlimmer der Sonntag würde wie so oft zu schnell, zu belebt und zu laut seinen Gang vor der Haustür gehen, ohne anzuklopfen, aber dafür um so eindringlicher. Paul öffnete das Fenster, die Welt zu Füßen, und doch war er weder zu einem befreienden Sprung hinein bereit, noch gewillt, sich einmal einfach ab durch die Haustür unters Volk zu mischen. Beides war nicht sein Stil. Ihn hielt es lieber fest zwischen Anflügen depressiver Verstimmungen und euphorischer Selbsterklärungen um sein Leben.

Paul vermisste an solchen durchtriebenen Tagen die Düsternis und Stille der vergangenen Wintermonate, in der er zumindest in seinen Vorstellungen aufleben und schwelgen konnte, ohne durch einen Weckruf vermeintlicher Frühlingsgefühle unsanft in seiner Realität gestört zu werden. Ja, Paul fehlte etwas, und er ahnte, dass er es in dieser Welt wohl nie finden würde. Das brauchte keiner zu verstehen, da es ohnehin neben Pauls Arbeitskollegen am Fließband niemanden gab, mit dem er sich hier und da austauschte. Und dort, wo er seinen kleinen Unterhalt verdiente, ging es sozial eher spärlich zu. Ein paar unerhebliche Neuigkeiten aus dem Alltag von Mund zu Mund geworfen, das war es dann aber meist schon in den wenigen kurzen Pausen. Letztere nutzte Paul lieber dazu, seine Gedanken um Velia kreisen zu lassen. Sie alleine verstand ihn. Mit ihr konnte Paul seine geheimsten Vorstellungen vom Leben und der Welt diskutieren, ohne sich dafür rechtfertigen zu müssen. Und sie pflichtete ihm bei, wann immer es nötig war, aber nicht, um sich bei Paul einzuschmeicheln, sondern ganz einfach weil sie nicht anders konnte - zumindest in Pauls Augen. Wenn die schrille Glocke das Ende des Arbeitstags einläutete, tauchte Paul aus seiner gedankenlosen Konzentration auf den stereotypen Arbeitsablauf auf. Tag für Tag das gleiche Spiel; aber Abends, sobald Paul durch das Werkstor nachhause trottete, gehörte er seiner Velia und sie ihm. Treu holte sie ihn täglich ab und begleitete ihn auch am Morgen dorthin. Und das Wochenende war heilig; da waren sie rund um die Uhr unzertrennlich. Um so ärgerlicher empfand es Paul dann, wenn allzu lebendige Ablenkung von außen drohte. Nicht dass diese wirklich in seine vier Wände dringen konnte; aber der Gedanke, schweigen zu müssen, Velia verleugnen zu müssen, wenn Paul sich zwangsläufig außerhäuslich aufhalten musste, bedrängte ihn wie die Menschen, die dafür verantwortlich waren: Die anonymen Omnipräsenten, wie Paul sie immer nannte; die, die sich einen feuchten Dreck für ihn interessierten und zugleich voyeuristisch jede Enthaltung gegenüber ihrem massenhaften Daseins mit bohrenden Blicken zu bestrafen wussten. Die Omnipräsenten waren Paul ein Graus; und deswegen liebte er die dunkle Jahreszeit, welche diese Spezies Mensch aus der Öffentlichkeit verschluckte und Paul dafür umso mehr Freiraum schenkte. Da konnte er dann auch Sonntags in Parks, auf einsamen Wegen und sogar durch die relativ leere Innenstadt mit Velia plaudernd flanieren, bei Wind und Wetter und ohne schräg angeschaut zu werden. Wenn die Omnipräsenten nur wüssten, was für eine tolle Frau sich in Pauls Begleitung befände, würden sie vor Neid erblassen.

Paul hatte Velia beiläufig kennengelernt, sozusagen auf dem Sprung, als vor geraumer Zeit ihr Gesicht während einer Werbeeinblendung kurz über den Fernsehschirm blitzte. Ihren Namen brauchte sie dem ad hoc verliebten Paul gar nicht erst zu sagen; er wusste ihn sofort, er war einfach in seinem Kopf. Alleine das wies schon auf eine Bindung der besonderen Art hin. Seit jenem flüchtigen Augenblick hatte dieses Gesicht Paul nicht wieder losgelassen, wenngleich ihm der besagte Werbefilm nie wieder unter die Augen kam. Stattdessen ließ Paul seiner Vorstellung des Schicksals freien Lauf in Begleitung der neuen Flamme.

Velia war immer da, wenn Paul sie brauchte, und vielleicht auch ein ganz kleines bisschen, wenn sie ihn brauchte - wenn er sich gebraucht fühlen wollte. Dann ging er in ihren Zwiegesprächen auf und hörte sich und sie aus seinem Munde sprechen. Stundenlang konnte er so in seinem Ohrensessel sitzen, über dies und das fabulieren, Problemchen diskutieren oder einfach nur dem wohlwollenden Echo aus dem ihm gegenüber stehenden Sofa lauschen. Manchmal setzte er sich direkt dazu und umstreichelte mit der Hand zärtlich Velias weibliche Ausstrahlung. Im Gespräch war Paul mit ihr so intim, dass er darüber beinahe ihr Gesicht vergaß. Immer wieder musste er sich das in seinen Augen hübscheste Antlitz der Welt erneut ins Bewusstsein rufen, um nicht doch einmal das Interesse zu verlieren. So waren ihm in der Vergangenheit schon einige Bekanntschaften entglitten. Mit der Zeit hatte sich auch Velias Gesicht schon verändert, an Nuancen verloren und in Pauls Bewusstsein ein paar Erinnerungslücken hinterlassen. Aber das war umso unwichtiger, je konsequenter er an seiner emotionalen Errungenschaft festhalten konnte. Diesmal war es etwas ganz Festes, da war sich Paul sicher; kein Spleen, keine Marotte seiner Seele, sich zu schnell verliebt zu haben. Velia manifestierte sich zusehends im täglichen Leben des stillen Einzelgängers, als er sie in Gesprächen immer besser kennenlernte. Dabei war Velia durchaus nicht immer Pauls Meinung; ja, manchmal widersprach sie ihm sogar vehement, wenn auch nie böse. Sie bremste dann seine oft vorschnellen Gedankensprünge aus. Aber gerade darin fand sich Paul seltsam geborgen - als ob er an sich selbst eine neue Seite ausmachte, an die es sich beschwichtigt lehnen ließ. Verdammt lange hielt eigentlich schon diese Beziehung ... viel länger, als es eine verliebte Schwärmerei zugelassen hätte. Auch Pauls Nächte hatten sich verändert, seit er Velia kannte; das trübselige Einschlafen und gerädete Erwachen war mit einem Mal passé. Dabei ging es gar nicht so heiß her, wie man es bei einer frischen Liebesbeziehung vermuten würde. Vielmehr genoss Paul seine ausgelassene Hingabe unter seiner Bettdecke mittels tiefgründigem Wälzen durch seine warme körperliche Imagination. Nichts war gemütlicher als dies, als dergestalt unter sich zu sein, wenn es draußen still vor sich hin fror und wenn die Tage kurz und dämmrig blieben.

Nun aber stand wieder so ein gleißender Sonntag an, der seinem klischeehaften Namen alle Ehre machen wollte. Paul hatte seine Gedanken schon fürs Frühstück vorsortiert. Dieses unerträglich freundliche Treiben, das von draußen in seine so früh am Morgen schon lichtdurchflutete Kleinwohnung drang, beließ Paul kaum einen Rückzug in eine abgelegenere Nische seines Domizils. Alleine die herabgelassenen Rollos vor dem Fenster milderten diesen Umstand etwas ab. Zeit für ein Gespräch mit seiner Liebsten, dachte Paul, als er sich an sein Frühstück setzte. Er hatte sich ein neues Kaffeeservice zugelegt, stark reduzierte Markenware. Was Velia wohl dazu sagen würde? Gerade holte Paul unter dem Genuss eines ersten Schlucks heißen Kaffees zu einem längeren Gespräch aus, da klingelte es völlig unerwartet an der Haustür. Paul erschrak. Er rechnete eigentlich nie mit Besuch, insbesondere nicht am Wochenende. Alle Rechnungen waren pünktlich bezahlt, ebenso die Miete, so dass auch von der im Erdgeschoss lebenden Vermieterin Frau Müller kein Ungemach drohen durfte. „Omnipräsente Plagegeister ...", brummte der Frühstücksplauderer vor sich hin. Er fühlte sich spontan in seinem Schneckenhaus bedrängt. Dann aber entschuldigte er sich über den Kaffeetisch hinweg für die Unterbrechung und trat ans Fenster. Er schaute unmutig hinaus nach unten, wo eine junge Frau offensichtlich versuchte, die meist unleserlichen Türschilder zu entziffern. Paul hatte in weiser Voraussicht nie seinen Namen dort hinterlassen; nur dem Postboten hatte er bei seinem Einzug vor etlichen Jahren kurz eingetrichtert: Post für Paul letzter Kasten im Hausflur ... der mit dem kaputten Schloss.

„Was denn? Zu wem wollen Sie?", rief Paul nun der ungebetenen Besucherin von oben auf den Kopf. Diese wandte sich ihm zu und ein unverblümtes, hübsches Gesicht über einem altmodisch anmutenden Kleid blickte fragend hinauf.

„Ich möchte hier jemanden abholen, aber ich kann seinen Namen nicht ausfindig machen."

Paul stutzte; soweit er wusste, war sein Name der einzige, der dort unten nicht für die Öffentlichkeit angeprangert war. „Wer soll das denn sein?", rief er hinab.

„Das kann ich so nicht sagen", antwortete das Gesicht, „mir wurde erzählt, ich soll hier jemanden abholen."

„Wer sind Sie denn überhaupt, und worum geht es eigentlich?" Ein sich ahnungslos gebendes Schulterzucken der jungen Frau zerrte hartnäckig an Pauls Geduldsfaden. „Sie müssen doch zumindest wissen, zu wem sie wollen!"

„Wohl zu dem, dessen Name ich hier nicht finden kann!"

„Warten Sie, ich komme mal runter." Teils verärgert, teils auch neugierig schlappte Paul die zwei Stockwerke nach unten. ,Die hat doch einen Sprung in der Schüssel', dachte er, ,anderer Leute Seelenruhe derart zu verreißen.' Ein milder und blütenduftiger Luftzug strömte durchs Treppenhaus, als Paul die Haustür öffnete und zugleich seine Wohnungstür mit dem innen steckenden Schlüssel ins Schloss fiel. Dann war es still. Frau Müller, die sich immer wieder darüber ärgerte, wenn irgendwo im Haus eine Wohnungstür knallte, kam aus ihrer Wohnung, um zu sehen, welcher Übeltäter sie diesmal hochgeschreckt hatte. Aber niemand war im Treppenhaus, und auch vor der Haustüre traf sie keine Menschenseele an.

Wochen gingen ins Land, der Sommer hatte längst Einzug gehalten, und die Vermieterin zerrte zum wiederholten Male die Post aus dem überquellenden Briefkasten ihres verschollenen Mieters. Nun reichte es ihr. Die alte Frau war es Leid, sich immer wieder die zwei Stockwerke hinaufbemühen zu müssen, um Pauls Post auf den Briefhaufen vor seiner Wohnungstür zu werfen. Unter den gegebenen Umständen fand Frau Müller es dann auch eines Tages nicht verwerflich, doch einmal einen Blick in seine Wohnung zu wagen, zumal die nächste Mietzahlung längst überfällig war. Also fasste sie sich ein Herz, schloss Pauls Wohnungstür auf - und erschrak. Die Wohnung war leer, und zwar so leer, als hätte lange Zeit niemand darin gewohnt. ‚Habe ich da etwas nicht mitbekommen?', überlegte Frau Müller, als sie ungläubig durch die verwaisten Räume spazierte. Sie konnte sich an keinen Auszug aus ihrem Haus in der letzten Zeit erinnern. Auch entdeckte sie keine Relikte in der Wohnung, die auf ihren ehemaligen Mieter hätten verweisen können. Einzig auf dem Fensterbrett im Wohnzimmer fand sie einen Briefumschlag vor mit der Aufschrift ‚Danke'. Die perplexe Frau öffnete das relativ schwere Kuvert und fand darin nicht nur Pauls Wohnungsschlüssel. Zusätzlich fielen ihr ein gutes Dutzend Münzen, allen Anscheins aus Gold, in die Hände, nebst einer handschriftlichen Notiz auf altem Papier. ‚Gott mit uns' war auf den Rändern der Münzen zu lesen; und als Frau Müller den Zettel entfaltete, stand dort in feinen Sütterlinschriftzügen geschrieben: „Vielen Dank, dass sie Paul bei sich aufgenommen haben ... er ist nun gut zu Hause angekommen. Velia.

Licht und Lichtlein

> Na? Was sagst du, Lichtlein?

>> Ich weiß nicht. - Mir ist kalt, Papa.

> Ist das alles? Dir ist kalt?
Sind satte 22 Grad hier im Benz, und dir ist kalt. - Tzz, da kutschiere ich dich abends durch die Sträßchen und Gässchen, um dir den ganz großen Wurf unserer Firma vorzuführen - und alles, was dir einfällt ist, dass dir ausgerechnet jetzt kalt ist. Ganz schön verwöhnt, findest du nicht?

>> Aber mir ist echt kalt, Papa. Können wir nicht nach Hause fahren?

> Ja, ja. Also die Dämmergasse zeige ich dir noch? - Komm, dein Lieblingssträßchen hier im Ort mit deinen ganzen Butiken. - Sollst mal sehen, wie die jetzt strahlt. Und nächste Woche schalten sie da auch die letzten Gasfunzeln ab.

>> Wenn es sein muss.

> Ganz schön zickig. - Konnte ich mir früher nicht leisten. Weißt du, als ich so alt war wie du, da wussten wir, was wir an den schönen Dingen des Lebens hatten. Und die Extras mussten wir uns hart erarbeiten. Ja, so war das damals. Und du? - Tja, du und deine Freundinnen, ihr profitiert einfach.

>> Wovon?

> Wovon? Wovon? Meine Güte, ist Lichtlein heute düster drauf. - Na von dem, was wir seit dem Krieg aufgebaut haben.

>> Und warum machst du und deine tolle Firma es dann wieder kaputt?

> Du hast ja keine Ahnung. - Aber hier schau! - Boah!

>> Hey Papa, musst du so ruppig bremsen!?

> Guck dich mal um! Wow, sieh dir das an! So habe ich das selbst noch nie gesehen. Da auf dem Dorfplatz kannst du jetzt nachts ganz ohne Blitzlicht fotografieren. - Hast du deine Kamera mit? Trägst sie doch sonst immer überall hin.

>> Nee, das Licht ist scheiße.

> Machst du Witze? Ausgeleuchteter geht ja wohl kaum. - Hast du eine Ahnung, was für eine Nutzen-Kosten-Relation diese Straßenbeleuchtung aufweist? - Jahaaa, da staunst du. Kannst du dir überhaupt vorstellen, was das für eine Entwicklungsarbeit war? War nicht einfach, den Bürgermeister davon zu überzeugen. - Aber das kann sich doch wohl sehen lassen, hm? - Und alles mit Sonnenenergie gestützt.

>> Sonne? Heute war es irgendwie den ganzen Tag verhangen; aber klar, Papa: Mit den nötigen Scheinchen geht alles.

> Scheinchen, von denen du ebenfalls ganz gut lebst. - Vergiss das nicht, Lichtlein. Gib zu, die Ökos in deinem Fotoladen müssten da doch voll drauf stehen.

>> Die sehen es mir eher zu bunt. - Ich sag mal so; wenn solche wie die und deine Lichtgestalten sich wirklich ernsthaft zusammensetzen würden, sähe es jetzt hier freundlicher aus und nicht so schwarz-weiß.

> Dir kann man es nie Recht machen. Aber du weißt ja; sich immer zwischen die Stühle zu setzen, macht einsam. - Manchmal frage ich mich, was wir in der Erziehung falsch gemacht haben.

>> Mama bekommt davon jedenfalls Kopfweh. Sie schläft sonst nie im Dunkeln. Neuerdings sind ihre Rollos nachts unten.

> Ach, deine Mutter und ihre Marotten. Apropos, sie hat mich gebeten, noch etwas aus dem Drogerieladen in der Dämmergasse zu holen. So'n Johanniskrautzeugs - du wüsstest schon. Kannst du das

da gerade besorgen? Ich warte solange im Wagen und betrachte mir ...

>> ... deinen großen Wurf. - Jep, mach ich - schmeiß' mich dort hinten raus. Ich komme dann zu Fuß nach Hause.

> Siehst du? Noch so ein Vorteil.

>> Was meinst du?

> Hattest doch früher immer Angst, hier abends alleine nach dem Sport heimzugehen.

>> Papa, du nervst. Das ist mindestens 20 Jahre her. Und Angst hatte ich nicht vor der Dunkelheit, sondern vor den grellen Fernlichtern der Raser auf der Durchgangsstraße.

> Was hupt denn der Depp da hinter uns so dämlich?

>> Weil vielleicht grün ist?

> Ach was, ist mir glatt entgangen.

>> Kein Wunder bei dem gleißenden Licht.

> Die Ampeln im Ort werden übrigens auch auf LED umgerüstet. Super bright by Hyperlight. Ha ha!

>> Hää ... Hää ...Dann ist das Grün ja noch weißer.

> Heller, Lichtlein; da flutscht einem nichts mehr durch. - Mit dem neuen Look-and-Feel ist man im Straßenverkehr viel mehr auf Draht, finde ich.

>> Pff ... Ich glaube, du würdest sogar Kerzen umrüsten, wenn das ginge.

> Du wirst dich wundern, was alles geht, Lichtlein.

>> Oooops!

> Was ist das?

>> Das frage ich dich, Papa. Stockdüster würde ich sagen.

> Das sehe ich auch. - Warte, ich fahre mal rechts ran und rufe in der Zentrale an.

>> Ganz ehrlich Paps, so habe ICH das hier noch nie gesehen.

> Ach red' nicht ... wieso geht denn da keiner ran? - Seltsam.

>> Aus der Dämmergasse scheint noch Licht herüber.

> Äm, was? Komisch. Hängt doch alles an einem Netz. Nun mal keine Panik, Lichtlein. Kannst du mir mein Tablet geben. Im Handschuhfach. - Hmm ... muss an der Software liegen, oder einem Hyperlightumsetzer. - Versteh ich nicht ...

>> Panik schiebst wohl eher du als ich, Papa - Hi hi. - Hast du Angst vorm Bürgermeister? - Bleib cool. Was soll schon passieren?

> Passieren? Du bist gut, Lichtlein; da hängt einiges dran.

>> Eben drum. Und deshalb wage ich jetzt die paar Schritte zu Fuß durch die Nacht zum Laden. Derweil ich mich unterwegs am Schein der alten Schaufenster wärme, geht dir ja vielleicht ein Licht auf, warum es in der Dämmergasse immer noch hell ist, und das obwohl heute so ein grauer Tag ist. Du weißt ja: Um die Ecke ist manchmal näher als zu kurz.

Das Malheur

Nicht schon wieder so einer. Sonja rieb sich die Stirn vor ihren von Kopfschmerz geplagten und übernächtigten Gedanken und klickte die Anfrage von Geili55 genervt weg. Das war bestimmt schon der dritte dieser ganz besonderen Sorte Partnersucher. Und das am Sonntag Morgen in der Früh.

„Da fühlt man sich nicht mehr einsam, sondern einfach nur verarscht", murmelte die allein erziehende junge Mutter vor sich hin. „Ich schicke doch nicht einen Affen in die Wüste, um ihn durch einen anderen zu ersetzen. Kerle!"

Sonja schielte auf das gerahmte Photo neben ihrem Computer. Sie wurde den Eindruck nicht los, dass sich mit jedem Blick darauf der Ansatz eines Sprunges im Deckglas genau über dem Mund ihres längst Verflossenen unmerklich erweiterte. Sie drehte das Bild, auf welchem dieser ihr breit aber freundlich entgegen grinste, mit der Vorderseite zur Wand. Dann blickte sie beinahe schon vorwurfsvoll auf ein Kindergemälde direkt vor sich über ihrem Monitor. „Ja, schau du ihn dir doch eine Weile an; bist ja schließlich mehr mit ihm verwandt als ich."

„Noch so ein Blödmann." Das Anklopfsmiley, gefolgt von einer zweideutigen Aufforderung in Sonjas Chatprogramm machte sich erneut mit einem gehässigen Kichern bemerkbar; vielleicht sollte sie einfach mal den Ton für diesen Aufmerksamkeitserreger ändern. Viel Auswahl gab es da allerdings nicht mehr, denn Sonja hatte schon so ziemlich alle durch; letzten Endes einer nervtötender als der andere. Beim erneuten Abweisen einer weiteren, offensichtlich kaum ernst gemeinten Aufforderung zum Plausch, musste sie an all ihre vergangene Beziehungen auf einmal denken. Darin hatte sie eine gewisse unrühmliche Übung. Liaison um Liaison das gleiche Lied: Der Überzeugung, jedes mal den Richtigen gefunden zu haben, folgten bald die üblichen Herzschmerztage, welche ausgiebig überheult werden wollten. Und nach jedem Beziehungsaus dieser Art verfestigte sich Sonjas Entschluss: Neues Spiel, neues Glück. Alles auf Anfang. Irgendwann würde es passen. Dabei fiel es Sonja zunehmend schwerer, zu definieren, was eigentlich nicht passte. Und bei jedem ihrer Neuanfänge fühlte sie sich, als ob sie eine zusätzliche Altlast grundlos mit sich herum schleppte. In ihrer letzten Beziehung, nämlich jener mit Yul, ging diese freie Rechnung allerdings nicht ganz auf. Er war Amerikaner, der ebenso gebrochen Deutsch sprach, wie Sonja der englischen Sprache mächtig war. Das reichte aber ungeachtet der vielfältigen Missverständnisse aufgrund mangelnder Worte problemlos für die ersten Wochen aus. So beschränkte sich die Kommunikation noch intensiver als bei Sonjas übrigen Partnern auf das körperlich Wesentliche, sowie auf das menschlich Offensichtlichste. Und dies blieb zuletzt nicht ohne Folgen. Entgegen Sonjas Erwartungshaltung stand Yul allerdings zu diesem Malheur. Ja, sie fühlte sich regelrecht überrumpelt, als er ihr anbot, eine Familie zu gründen und richtig Deutsch zu lernen. - Dafür sollte sie nun all die Beziehungen durchgemacht haben? Das sollte nun das ultimative Glück gewesen sein? Nein, so einfach konnte es ihr das Leben doch nicht machen.

Sonja wusste nicht so recht, ob die Tränen in ihren Augen ihrem Kopfschmerz geschuldet waren oder den Gedanken an Yul. In letzter Zeit bereute sie es öfter, ihm damals so kurzschlussartig den Laufpass gegeben zu haben. Ihr Problem hatte dies jedenfalls nicht gelöst, auch wenn der inzwischen glücklich verheiratete Yul zuverlässig seine Alimente bezahlte. Unterdessen war ihr das Malheur unentreißbar ans Herz gewachsen, und sie schämte sich, diesen Begriff im Zusammenhang mit ihrem Nachwuchs überhaupt zu denken. Sonja stierte auf ihren Bildschirm - unter dem Ärger, dass ihre Wut über die Unwägbarkeit des Lebens immer noch im Clinch mit ihrem Mutterglück zu liegen schien. - Nein, Verity war kein Malheur; und Sonja erinnerte sich genau an den wahrscheinlichen Tag, an dem ihre Kleine wohl entstanden sein musste; auf einem viel zu roten Sofa ihres amerikanischen Freundes, welches seine an sich gemütlich rustikale Einrichtung farblich mehr oder weniger entstellte.

Ein Schmunzeln mogelte sich zwischen zwei Schmerzimpulse jäh durch Sonjas Kopf; sie klappte ihren Laptop zu. „Was guckst du mich so an?" Mit der Hand strich sie eine Staubfluse von der Oberfläche des mit Fingerfarben angefertigten Selbstbildnisses ihrer Tochter an der Wand. Im Betasten der erhabenen Farbkrusten darauf hielt sie plötzlich inne, als Verity durch die Tür trat.

„Was machst du da Mami? - Schau, ich bin schon angezogen."

Sonja ließ von dem Bild ab und wandte sich lächelnd ihrer Tochter zu. Ihr Pulli war auf links gedreht, und die pinke und blaue Socke an Veritys Füßen ließen wohl wirklich auf eine Farbsehschwäche des Mädchens schließen.

„Und ich sitze hier noch im Morgenmantel", seufzte Sonja, „hm ... alles irgendwie verkehrt ..."

„Was meinst du?", fragte Verity und ließ sich von ihrer Mutter den Pullover richtig herum überstreifen. Dann lachte sie: „Genau, Mama, das Bild vom komischen Mann steht schon wieder falsch herum. - Darf ich's nochmal haben?"

Zögerlich reichte Sonja dem Kind Yuls gerahmtes Konterfei. Dies vergnügt betrachtend ließ sich Verity auf dem Bett ihrer Mutter nieder.

„Wie der so rund guckt - schau mal, Mama, das kann ich auch."

Die Kleine schaute auf das Bild wie in einen Spiegel und ahmte das Grinsen sowie die großen Augen des Mannes vor sich derart gut nach, dass Sonja unvermittelt und harsch ausrief: „Hör auf damit!"

Vor Schreck entglitt dem Mädchen das Photo aus der Hand, so wie die lustigen Gesichtszüge seinem nunmehr eher versteinerten Antlitz. Verity und ihre Mutter – letztere ebenfalls ob des plötzlichen Gefühlsausbruchs über sich selbst erschrocken - entdeckten den Sprung quer über das Glas des Bilderrahmens so gleichzeitig, wie sie sich auch beide nach vorne beugten, um das Erinnerungsstück aufzuheben. Dabei stießen sie mit ihren Köpfen kräftig aneinander. Noch bevor Sonja diesem zusätzlichen Kopfschmerz lautstark Ausdruck verleihen konnte, entspannten sich ihre angestrengten Gesichtszüge unter der Verwunderung über die schlagartig nachlassende zermürbende Pein der durchgemachten Nacht. Dann blickte die übermüdete Frau ihrer Tochter ins Gesicht.

„Alles in Ordnung?"

Verity nickte zaghaft, obwohl ihr das Wasser ein wenig in die Augen stieg. Sie hielt ihrer Mutter das Bild mit dem zweigeteilten Deckglas hin, und über ihrer vorgeschobenen Unterlippe ertönte es leise: „Ist das jetzt ein Malheur?"

Sonja nahm ihre Kleine auf den Schoß, und sie begutachteten gemeinsam das Photo. Der Schnitt des Glases trennte das Grinsen des Mannes darauf eigentümlich in zwei undefinierbare Hälften, so, als wenn sie wieder zusammengefügt gar nicht zusammenpassen würden.

Sonja schwieg kurz nachdenklich und meinte gleich darauf: „Nein, das ist ein Missverständnis. - Gleich morgen machen wir ein neues Glas drauf", beruhigte sie Verity weiter, „und dann legen wir den komischen Mann in die Schublade ... so zum Schlafen, weißt du? - Wenn er dann ausgeschlafen hat, nach vielen, vielen Tagen, dann schauen wir ihn uns noch einmal an, und ich erzähle dir eine Geschichte von ihm."

„Eine lustige?", wollte Verity wissen.

Sonja atmete erleichtert über ihren freier werdenden Kopf auf: „Ja ... ganz bestimmt eine lustige."

In Luft aufgelöst

Typisch, dachte Rentner Kurt, nachdem er zum x-ten Male eine seiner gelungenen Naturaufnahmen ins Fotoforum im Internet gestellt hatte; typisch, wie immer, keine Reaktion. Keinen Daumen hoch, noch nicht einmal einen runter. Letzteres hätte dem alt eingesessenen Forennutzer zumindest offen, wenn auch wortlos die Ablehnung bestätigt, welcher er sich seit geraumer Zeit in seinem ehemals so virtuellen Zuhause ausgesetzt sah. Einige seiner Gleichgesinnten hatten schon früher dort die Segel aufgrund diverser Kindergartenstreitigkeiten oder alberner Intrigen gestrichen. Jetzt war es auch der 75-jährige Witwer endlich Leid; er war es Leid, für seine unbequeme Art, für sein häufiges Anecken in den Diskussionen rund um Fotografie gemieden zu werden. Und er hatte keine Lust, mehr und mehr zu einem Fleisch gewordenen Abklatsch einer unbedeutenden Cyberidentität zu verkommen. So entschloss er sich nach seinem letzten Fotoposting für einen würdigen Abgang von der Kleinkunstplattform. Die voll digitalisierten Grünschnäbel waren dort inzwischen zunehmend auf dem Vormarsch, glänzten durch gegenseitige Selbstbeweihräucherung ihrer Werke und lebten hemmungslos ihren schrägen Mainstream-Opportunismus aus. Bei ihnen galt jeder noch so einmalige Sonnenuntergang grundsätzlich als verpönt, wenn er nicht irgendwie digital verunstaltet war. Stattdessen huldigten sie lieber ihresgleichen, weil sich wohl sonst niemand fand, der einen explodierenden Blutmond im Rotweinglas oder ein früh vergreistes Kind im Schoß einer lesbischen Elfe zu Jahrhundertwerken abstempeln wollte. Diese Grafikfreaks hatten so gar nichts mehr übrig für die klassische 35mm Fotografie der Realität, und sie belächelten den alten Hasen zunehmend ob seines versierten wenngleich umständlichen Know-Hows.

Ausschweifend, theatralisch, aber nicht ungerecht wollte Kurt seinen Abschiedsbrief unter den Herzensangelegenheiten des Forums für alle User sichtbar einstellen. Er würde den Wenigen danken, die ihm bis vor Kurzem, trotz aller Widrigkeiten, hier und da auf Einträge geantwortet hatten. Dem großen ignoranten Rest hingegen wollte er nur ein paar kernige Worte mit auf den Weg geben, ein paar Zeilen angesichts ihrer selbstgefälligen Mühen, Kurt mit falscher Freundlichkeit spüren zu lassen, welch ein Hinterwäldler er wohl sei. Zudem würde er die Überschrift als dringlich markieren, um seinen abschließenden Eintrag unter den anderen fett hervorzuheben. Er wusste, dass er damit gegen eine goldene Forenregel verstieß, nämlich gegen das Tabu des ‚Sich-virtuellen-Vordrängens', wenn er auf die besagte Weise die User zumindest zum Anklicken seines Beitrages nötigen würde: Das Erstellen eines solch hervorgehobenen Postings war im Prinzip jedem User erlaubt, insofern es sich um eine wirklich wichtige, persönliche oder Foren übergreifende Angelegenheit handelte. So war es den eingeloggten Mitgliedern erst dann möglich, auf die übrigen Postings und Diskussionen zuzugreifen, wenn sie vorher zumindest einmal den fett unterlegten Eintrag angewählt hatten. Soweit sich Kurt erinnern konnte, gab es derartige Fälle erst zwei Mal; einmal beim Tod des Vaters eines Users und einmal bei einem Ausfall des Forenadministrators wegen Krankheit. Kurt war sich selbst allerdings wichtig genug mit seinem Anliegen, um davon seiner Meinung nach ebenfalls Gebrauch machen zu dürfen. Unter normalen Umständen kostete ihn das sicher seine Mitgliedschaft. Da er nun aber ohnehin im Begriff war, diese aufzugeben, genoss er den Gedanken an die besagte, eher unorthodoxe Möglichkeit der Forennutzung. - Und die User müssten sein Posting öffnen, ob sie wollten oder nicht, ob gelesen oder nicht, bevor sie Kurt danach endgültig in der virtuellen Versenkung verschwinden lassen würden.

Gedacht - getan. Schnell hatte der frustrierte Hobbyfotograf sein Abschiedstraktat mit allen Argumenten verfasst, die ihm dabei wichtig schienen. Zum Schluss untermauerte er es noch mit einem weiteren Beispiel seiner fotografischen Kunst - in diesem Fall einem surrealistisch veränderten Selfie, passend zu seinen Ansichten über die übrigen User, mit Zunge raus und langer Nase. - Geschafft. Das Posting hatte seinen Spitzenplatz im Forum eingenommen und prangte fett orange über all den anderen, zum Teil allmählich langweiligen

Dauerbrennern. Kurt lehnte sich zurück. Sie würden es lesen, ein paar würden es lesen, und zumindest einer würde sich - wenn auch vielleicht verärgert - dazu äußern. Kurt wartete. Es geschah nichts. Wie auch; müssten doch die anderen Mitglieder erst einmal alle auf sein Posting klicken, bevor sie erneut Einträge beantworten konnten. Kurt grinste unter dem Griff nach seinen Zigaretten neben dem Laptop vor sich hin - und stutzte: Einen Augenblick abgelenkt vom Bildschirm wunderte er sich über den Verbleib der Glimmstängel. Er war sich sicher, sie neben dem Computer abgelegt zu haben.

Fast eine halbe Stunde verging, und Kurt starrte immer noch unentwegt auf seinen Computer-Monitor, als sich endlich etwas tat; allerdings weniger im Sinne des begierig Wartenden. Letzterer vermisste mittlerweile auch die Kaffeetasse neben sich, aus der er noch Minuten vorher einen Schluck genommen hatte. Kurt rieb sich die Augen. Oder war der letzte Kaffee schon längst alle, und die Tasse in der Spüle gelandet? Er war über den regnerischen Nachmittag vor dem PC müde geworden. Mist, dachte er, sich wieder auf die Postings vor ihm konzentrierend. Sein Eintrag war nicht mehr fett unterlegt, und nach und nach erschienen neue Antworten auf alle möglichen Diskussionen - nur nicht auf Kurts Abschiedspamphlet.

„Das gibt es doch nicht", fluchte er leise vor sich hin, „interessiert keine Sau."

Nun ging er aufs Ganze, wenngleich auch recht albern; aber das war ihm egal. Kurt klickte einfach auf den Antwortknopf eines der sehr frequentierten Einträge und ließ verbal seinem ganzen Frust Lauf, nicht ohne Provokationen und ohne das eine oder andere Forenmitglied auch persönlich vor den Kopf zu stoßen. Punkt und Ausrufezeichen! Das hatte gesessen. Kurt harrte wieder vor dem Schirm. Wieder nichts - rein gar nichts. Der von ihm traktierte, ansonsten beinahe minütlich beantwortete Diskussionsfaden schien auf einmal wie ausgestorben. Wie ihr wollt, ging es dem Rentner durch den Kopf, und er ließ sich, allmählich in eine mentale Rage geratend, wahllos in einem weiteren Diskussionsbeitrag aus; dann in noch einem und in noch einem. Aber auch hier das Gleiche: Ein augenblickliches Versiegen der Aktivität in der entsprechenden Diskussion war die Folge: Noch seltsamer war allerdings, dass der gesamte Faden plötzlich gänzlich aus dem Forenbildschirm verschwand. Las der Administrator, welcher sich doch sonst so gerne rar machte, vielleicht schon mit und sperrte den verzweifelt um Aufmerksamkeit buhlenden User nach und nach aus? Geht doch so gar nicht, überlegte Kurt, und er bemühte weitere Postings mit seinen zunehmend angriffslustigen Antworten. Aber mit jedem weiteren Versuch seinerseits verstummten und verschwanden nach und nach ebenso die zugehörigen Diskussionen, bis sich schließlich ein leeres Forenfenster vor dem verunsicherten Rentner präsentierte. Was war da los?

Kurt atmete schwer durch. Von den fragwürdigen Vorgängen auf dem Bildschirm genervt, war er drauf und dran, seinen PC abzuschalten und das Forum Forum sein zu lassen, und zwar endgültig. Es gab schließlich so viel Schönes mit der Kamera in der Natur rund um sein Häuschen zu erkunden, überlegte Kurt. Er täte sich vermutlich mit einem Spaziergang selbst durch den strömenden Regen unter dunklen Wolken einen größeren Gefallen, als sich sinnlos in die Virtualität zu vertiefen. Er blickte aus dem Fenster. Der Regen hatte unerwartet aufgehört und die Wolken waren einem undefinierbaren, beinahe transparenten, hellgrauen Himmel gewichen.

„Nein!", trotzte der vergrämte Mann dann laut vor sich hin. Er wollte jetzt wissen, was die anderen gegen ihn hatten und sie gezielt per Einzelnachricht anschreiben. Dazu durchstöberte er das Mitgliederverzeichnis auf der Suche nach solchen Usern, die ihm in der Vergangenheit besonders quer gekommen waren. Doch es war wie verhext: Jeder Name, der Kurt dabei in den Sinn kam, schien spurlos aus dem Verzeichnis verschwunden, wenn er danach suchte. Bald hatte er so nicht nur User abgegrast, mit denen er auf die ein oder andere Weise aneinander geraten war, sondern auch solche, die ihm nur aufgrund ihres blumigen oder auch auffällig einfallslosen Avatar-Namens in Erinnerung geblieben waren. Es war immer das Gleiche: Jeder, der ihm spontan einfiel, war nicht länger im Verzeichnis vermerkt. Zum Schluss waren nur mehr die Karteileichen übrig; User, die sich irgendwann einmal, oft mit lautem Hurra, im Forum angemeldet und die sich nach eingehender Selbstdarstellung ebenso schnell wieder verdünnisiert hatten. Kurt wurde es unheimlich zumute. Hatte er sich etwa erneut einen Computervirus eingefangen? Ihm kamen all die verlorengegangen Fotos auf seiner Festplatte in den Sinn, die gerade eine Woche zuvor einem solchen digitalen Schädling zum Opfer gefallen waren. Wehmütig dachte Kurt an den Verlust; zum größten Teil Aufnahmen von sich selbst, welche auf seinen einsamen Urlaubsfototouren entstanden waren. Kurt seufzte: ‚Nichts hält eben ewig‘. Gedankenverloren klickte er auf den ehemals prall gefüllten Urlaubsordner seines PCs; und er erschrak, als er sich unerwartet hunderten seiner Konterfeis in der Dateiliste gegenüber sah. Kurt schüttelte sich. ‚Hä? Wo kommen die Bilder auf einmal wieder her?‘ Er begann an seinem Geisteszustand zu zweifeln. Alle Datenrettungsversuche waren doch nach dem Virenangriff gescheitert. Der Rentner bekam es nun ein wenig mit der Angst zu tun. Es beunruhigte ihn dabei weniger die Frage, ob es überhaupt er war, der seinen Computer unter Kontrolle hatte. Vielmehr verunsicherte ihn seine mentale Verfassung angesichts der Merkwürdigkeiten um ihn herum. Hektisch schaltete er seinen Laptop aus, als wenn er damit dem Spuk dieses Augenblicks entgehen wollte.

Jetzt brauchte er wirklich eine Zigarette; aber im Moment seiner Überlegung, wo die Packung hingekommen sein könnte, fand er sie augenblicklich dort neben seinem Computer, wo sie zuvor noch verschwunden schien. Der Schweiß trat Kurt auf die Stirn. Sein Herz begann schneller zu schlagen, und er sah sich einer aufkommenden Panikattacke gegenüber. Kurt stand auf, lief nervös im Raum herum und ging dann ans Fenster, um seine geistige Abwesenheit vor dem Computer neu an der Tageszeit zu orientieren. Er musste Stunden vor dem Ding gesessen haben. Draußen schien alles recht unnatürlich, und eine Dämmerung legte sich über den Garten und das allein stehende Haus, wie sie Kurt noch nie erlebt hatte. Er hielt vergeblich Ausschau nach Wolken, blauem Himmel und der Sonne - alles grau in grau - oder doch eher durchsichtig ohne Ende dahinter? Es war überhaupt kein Wetter auszumachen, und die Lichtverhältnisse gaben keinerlei Hinweis darauf, wie weit der Nachmittag wohl schon in den Abend übergegangen war. Kurts umherschweifender Blick im Raum suchte schließlich Halt an der Standuhr in einer Nische, fand dort aber alleine den zurück schnellenden Schrecken über das Fehlen des schweren Schmuckstückes an seinem seit jeher angestammten Platz. Die Herzfrequenz des Rentners stieg noch einmal sprunghaft an, und sein Atem wusste kaum noch ein oder aus. Kurt fühlte, wie seine Knie weich wurden, und er war intuitiv froh, nicht an den Sessel unter ihm gedacht zu haben, als er sich hinein fallen ließ. Es überkam ihn eine flaue Ahnung über das, was da vor sich ging, wenngleich er den Grund für diesen Irrsinn nicht auszumachen vermochte. „Nein, nicht dran denken, nicht dran denken", redete der Geistesgeplagte sich laut ein, „einfach nur machen". Aber es war zu spät. Schon der Versuch, so unbewusst wie möglich nach dem Telefon neben dem Sessel zu greifen, um den Notruf zu wählen, ließ das Ding von der Bildfläche verschwinden. Kurt lachte hysterisch auf. „Das gibt es nicht, das ist verrückt." Und je unmöglicher dem verzweifelten Mann das Erlebte vorkam, umso realer wurde es.

,Das kommt davon', ärgerte er sich über sich selbst in der nicht ganz Ernst gemeinten Befürchtung, sein Bewusstsein räche sich für eine lange Vernachlässigung der wirklichen Welt zugunsten virtueller Alpträume. Er musste die Kontrolle über seinen Atem, den Herzschlag, vor allem aber über seine Gedanken behalten - und das, möglichst ohne konkret dieses oder jenes zu denken; denn so viel wurde ihm unter einem leichten Anflug von Lösung seiner Beklemmung deutlich: Die Realität um ihn herum tat irgendwie das Gegenteilige von dem, dessen er sich bewusst wurde - warum auch immer. Kurt lehnte sich zurück und schloss die Augen. Wenn das so wäre, müsste ein Denken an das Verschwundensein des Telefons diesen Gegenstand doch wieder hervorbringen. In Hoffnung darauf konzentrierte Kurt sich auf die Nichtexistenz seines betagten Fernsprechapparates, öffnete wieder die Augen und wurde enttäuscht. Seltsam, mit den Zigaretten und den Fotos funktionierte das doch auch. Hilflos wagte

Kurt einen Blick aus dem Fenster in den Garten. Dort hatte er früher, als er noch kein Internet hatte, immer lange Nachmittage mit seiner Frau gesessen und ihr stolz seine neuesten Aufnahmen gezeigt. Von der Stelle aber, wo die Hollywoodschaukel und die Gartenmöbel gerade eben noch standen wie in alten Zeiten, gähnte eine weitere Leere bis hin zum angrenzenden Grundstück des vor Jahren verschollenen Nachbarn. Kurt erschauerte und erschrak zugleich; denn diesmal verschwand nicht nur die beiläufig erachtete Szenerie direkt vor seinen Augen in diese zunehmend umweltlose Transparenz hinein, sondern er erblickte dort plötzlich seine Frau, sich vis-a-vis mit jenem Nachbarn unterhaltend. „Hört ihr mich? Hallo? Seht ihr mich? Ich bin hier!" Hektisch klopfte Kurt ans Fenster und rief den beiden zu, als sie auch schon wieder verblichen. Dem Rentner dämmerte es, dass nicht sein Wille, etwas zu denken oder zu tun, den gruseligen Effekt hervorbrachte, sondern die Zielgerichtetheit beiläufiger Gedanken. Es wurde immer unheimlicher um den derartig mental Gebeutelten herum. Gegen diesen Amoklauf des Gehirns schien kein Kraut gewachsen. Kurt wusste nicht mehr, was wahr und falsch war; wie getrieben harrte er aufrecht in seinem Sessel. Er schaute permanent um sich, ängstlich auch nur den geringsten Gedanken an das jeweils Erblickte zu verlieren oder ihn gar daran haften zu lassen. Und doch gelang es ihm nicht, das klammheimliche Verschwinden weiterer Dinge im Raum aufzuhalten. Eine unwillkürliche Kopfdrehung zu jener Stelle auf dem Tisch, die der Laptop schon nicht mehr ausfüllte, machte auch den letzten Funken Hoffnung zunichte, irgendjemand in der Virtualität könnte den Wahnsinn noch stoppen und Kurt zumindest ein Stück Realität zum Festhalten anbieten.

Unterdessen durchflutete die düster-graue und lautlose Dämmerungsatmosphäre ums Haus zunehmend den Raum und trug ihr Übriges zu dem unwirklichen Stimmungsbild bei. Aus diesem gespenstischen Erleben heraus erschien Kurt bald alles instabil in seiner Existenz. War das wirklich noch er in dieser Situation? Fühlte es sich so an, verrückt zu werden? Oder war das, was ihm da gerade widerfuhr etwas, das jeden früher oder später ereilen würde, nämlich der Übergang vom Leben zum Tod? Kurt konnte sich nicht erinnern, gestorben zu sein. Überhaupt fiel ihm jegliche Erinnerung in seinem augenblicklichen Zustand schwer, um nicht zu sagen, sie war ihm unmöglich. Zu rasant schritten die Momente um ihn auf einmal fort. Da war plötzlich nur noch seine Kopflosigkeit im Kampf mit der Gegenwart.

Der Herzschlag des alten Mannes nahm erneut Fahrt in dieses Ungewisse auf. Wie in einen Strudel steigerte er sich in das Drehen um sich selbst hinein. Dergestalt begann sich auch allmählich sein Umfeld um ihn zu verschieben und augenscheinlich unter wahllosem Verschwinden und teilweise Wiedererscheinen der Gegenständlichkeit zu kreisen. Kurt rang nach Luft. Er kam damit dem Rasen seines Herzens aber kaum mehr hinterher, und mit einem Mal überschlugen sich die Augenblicke regelrecht mitsamt seiner körperlichen Sensation. Unaufhaltsam verlor sich die geistige Kontrolle an die Eigenständigkeit des Chaos. Dermaßen gepeinigt von der sich so manifestierenden Platzangst im Gehege eines instabilen und unberechenbaren Bewusstseins, tat sich vor Kurt dann ein letzter, dunkler Ausweg aus dem mentalen Dilemma auf: Puls und Atem gaben wie aus dem Nichts im Rennen um die Wirklichkeit nach und flachten schlagartig ab. Beinahe erleichtert sank Kurt darunter zurück in seinen Sitz und leistete der aufkommenden Schwere seiner Lider keinen Widerstand. Er ließ sich innerlich fallen und konzentrierte sich, ohne es zu wollen, auf nichts, damit sich vielleicht alles wieder herstellen würde. - Wahrlich auf nichts besann er sich, und zugleich unweigerlich auf die gefährliche Konzentration um sein tiefstes Selbst. So geschwächt, tappte der alte Mann schließlich in die letzte Falle seines Lebens, als seine Besinnung von ihm alleine Besitz ergriff, ihn die Sinne verlieren ließ und er mit ihnen verschwand.

0: Muss ein seltsames Leben gewesen sein um dieses Tal ... und ohne den Lebenstick um sich herum.

8: Ein wunderbares ... ein seltsam wunderbares Leben.

0: So genannte Andere glauben ja, die Götter würden den Tick erzeugen; dabei ist er doch um uns alle wie der Horizont. Keiner wird je ergründen, woher beides kommt. - Ja sicher, die Verschwörer vermuten seine Quelle irgendwo im System. Aber wir wissen nicht. Wir wollen es auch nicht wissen.

8: Die Verschwörer, oder die, die man zu solchen macht, unterliegen der gleichen Oberflächlichkeit wie alle andern auch. Fakt ist: Vor uns liegt ein Tal ... keine Ebene. Die Ebene diesen Verschwörern - das Tal den Verschworenen; tja aber Letztere gibt es nicht wirklich - gab es wohl nie, oder nie genug. Und vielleicht irren wir uns ja auch. Wir müssen es zumindest in Erwägung ziehen.

0: Heftig. - In den Geschichten lesen wir nichts von alle dem.

8: In welchen Geschichten meinen wir?

0: In den geklärten natürlich. Welchen sonst?

8: Da werden wir nichts davon finden, was wir uns erzählen.

0: Warum eigentlich nicht? Da ist doch nichts Schlechtes dabei ... eigentlich ... wenn es wahr sein sollte.

8: Eigentlich ... Eigentlich ... Wir blicken hindurch, aber nicht dahinter, stimmt's? Aber wer tut das schon? Fragen wir die Grabgötter. Die würden uns sagen, was da Schlimmes ...

0: Psst ... ein Wächter.

8: Haben wir Angst davor?

0: Na hör mal. Das Wort ‚Oberflächlichkeit' alleine reicht ja wohl schon, um uns zu ‚Stillen' zu machen. Achtung, es wendet sich uns zu.

15: Was tuscheln wir da. Und überhaupt; es ist kurz vor Götterdämmerung. Wollen wir hier oben eines grausamen Nachttodes sterben? Wir wissen, was bei unter 100% Licht mit uns passiert.

8: Ist in Ordnung, wir gehen gleich nach unten ins Licht.

15: Halt. Wohin so schnell? - Redet mit uns!

0: Wir haben nichts zu reden. Wir ... wir haben uns nur das Tal angeschaut.

15: Tal?

8: Wir meinen den Horizont. - Der steht doch heute am Dekadentag besonders tief. Oder? Und dann gibt es diese optische Täuschung. Diese Ebene-Tal-Täuschung.

15: Träumer wie? Kennkarten will ich sehen ... Haben wir uns Geschichten erzählt?

8: Nein ...

15: Redet mit uns.

8: Nein, wir haben uns keine Geschichten erzählt.

15: Und? Weiter? Redet mit uns. Wir sagen es zum letzten Mal.

8: Wir haben ... geschwiegen.

0: Ja, genau, wir haben geschwiegen und uns nichts dabei gedacht; nur die Sonne beobachtet.

15: Beobachtet?

8: Betrachtet ... die Sonne ... betrachtet, genau, mehr nicht. Und wir wollten auch gerade runtergehen; wissen ja, was uns sonst blüht.

15: Reichlich poetistisch, unser Geschwätz. Hier die Karten. Liegt nichts vor gegen uns. Aber in 600 Ticks sind wir hier verschwunden. Verstanden?

... ...

8: Glück gehabt. Wo waren wir stehen geblieben?

0: Hier. Genau hier. Wo sonst als hier, oder nicht?

8: Nein, ich meine natürlich ... wie sollen wir es sagen?

0: Wann? Wann waren wir stehen geblieben?

8: Ja, danach haben wir gesucht. Also wann?

0: Als wir uns erklären wollten, dass die Grabgötter uns die Augen öffnen würden, wenn sie noch reden könnten. - Dabei werden sie so für ihr Schweigen verehrt, nachdem sie den allerletzten Krieg für uns alle gewonnen haben. Was sie uns nicht sagen, können wir nicht falsch machen. Vergangenheit für Zukunft, heißt es doch immer. Ehrlich gesagt, manchmal wünschten wir uns, ‚Stille‘ zu sein. Nur noch Denken, ohne Reden zu müssen ... das nennen wir ‚frei‘ sein. Aber das steht eben nur den Grabgöttern zu.

8: Es wäre ein Schritt in den Tod ... zumindest aber in den Wahnsinn. Man hat uns ja während unserer Jungzeit genug Stille gezeigt, kurz nach der Vollstreckung ... ja, da grinsten sie noch tagelang in Verwahrung vor sich hin; man konnte ihnen die Erleichterung in Gedanken förmlich ansehen, wenn man wollte - bis schließlich der Tick in ihrem Ohr sie an ihrem zerstückelten Denken zugrunde gehen ließ. - Nein, man müsste auch taub sein. Dem Tick entgehen. Das wäre Freiheit.

0: Wir stellen viel infrage. Aber, auch wenn wir das Tal nun vor uns sehen, so wie wir es beschrieben haben, ohne den Tick kann nichts überleben. Alles diesseits der Ebene - meinetwegen auch des Tals - hat schließlich einen legitimen Anspruch darauf. Es ist ein verbürgtes Recht und eine Pflicht. Vielleicht sogar das Letzte, das uns niemand nehmen kann. - Wir sind jedenfalls irgendwie dankbar für den Tick. Wir denken, wenn der mal nicht mehr ist, ist alles aus. Oder warum glauben wir, investiert die Regierung in die Gehör- und Sprachmedizin so enorm viel, dass auch jeder Taubstumme nicht einschlafen muss in der Angst, völlig geräuschlos dahinzusterben.

8: Täte er das? - Mag sein. Aber sei's drum, noch 100 Ticks, dann müssen wir runter.

0: Unheimlicher Gedanke. Ein Glück dass wir die Ticks im Kopf haben. - Aber was meinen wir denn? Ob sich ... dieses Tal je wieder mit Wasser füllen wird? Man sagt ja, es hatte einen Namen.

8: Ozean. Sie nannten es Ozean, den Weltenstrom: Ein Ort, von dem alles Leben ausging und sich vielfältig verbreitete ... bis zur ersten großen Götterdämmerung.

0: Vielfältig? Wir stellen wirklich sehr viel infrage.

8: Ich weiß. Das wird uns auch bald zum Verhängnis werden. - Und wir werden kaum umhin kommen, es nicht zu verhindern.

Rezension Mensch

Seit Anbeginn der Zeit obliegt mir als allgemein bewusster Instanz die Aufgabe, Strukturen und Vorgänge der von mir angenommenen Existenzen in ihnen selbst reflektierbar zu machen, wobei diese sich derart als Individualität erfahren, dass ihnen daraus ein maximales Erleben in meinem Sinne individuell bewusst entspringt. Ich im Allgemeinen mache also buchstäblich Gebrauch von der Fähigkeit des jeweiligen Bewusstseinsträgers zur Umwandlung ihn betreffender Erfahrungen in individual-bewusste Geschehnisse, welche von mir an die Schöpfung zurückgemeldet werden. - Nachdem Ich so definiert, quasi als Existenztester im Auftrag der Schöpfung und ihrer Natur, es seit Anbeginn geschafft hatte, ohne einen Menschen auszukommen, war es dann doch einmal an der Zeit, der unbewussten Neugier Folge zu leisten, sobald ich davon Wind bekam. Es ging dabei weniger um ein Statussymbol fleischlichen Ausmaßes - da wäre ich mit den Sauriern sicher gut bedient gewesen -, auch haben mich biologische Finessen, bis ins kleinste Wunder körperlicher Funktionalität ausgeklügelt, nie geschert: Denn die spitzfindigste Tarnfähigkeit ist letztlich alberner Natur, wenn die Schöpfung solchen Schnickschnack lediglich als Grundlage für ein reißerisches Spiel ums Fressen und Gefressenwerden implementiert - in meinen Augen eine Ressourcenverschwendung zur Ablenkung von Wesentlichem.

Mir ging es vor allem um etwas Höheres; etwas, was aus dem sich anbahnenden Phänomen Menschheit erwachsen sollte, als ich mir seinerzeit begann, spontan die ersten Exemplare davon anzueignen. Bewusstseinserweiterung fällt schwer, wenn die gebotenen Mittel lediglich um ihrer selbst willen bunt und leuchtend funktionieren. Verlockend schien mir deshalb das menschliche Angebot zu einer multiplen und vor allem tiefgründigen Selbsterfahrung - eine Seltenheit, auf die ich schon mal eine kleine Ewigkeit warten muss. Diesbezügliche evolutionäre Versprechungen aus einem recht originellen Affentheater heraus schienen zumindest anfangs überzeugend, wenngleich sie ihre Langlebigkeit angesichts anderer Millionen Jahre alter Arten erst noch unter Beweis stellen mussten und weiterhin müssen. Vorweggenommen, diese Langlebigkeit scheint mir momentan fraglicher denn je.

Die Lieferung seitens Mutter Natur folgte seitdem meist erwartungsgemäß ebenso prompt wie schlicht. In gewöhnliche, stabile Plazenta gepacktes Neugeborenes ohne Luxus, voll funktionsfähig in der Grundausstattung, inklusive standardmäßiger und lebenslanger Selbstheilungsgarantie. Die obligatorische temporäre Unverbindlichkeit mitsamt der Rücknahmeverpflichtung durch die Schöpfung bei ‚Dead-on-Arrival' versteht sich von selbst und sei nur der Vollständigkeit halber erwähnt. Die Möglichkeit einer vorherigen Geschlechterauswahl meinerseits fehlt allerdings aufgrund der schöpferischen Freiheit. Das ist aber systembedingt und dementsprechend nicht zu werten, genauso wenig wie die Abweichungen im Betriebsverhalten innerhalb individueller Einsatzumgebungen. Um nicht zu voreingenommen an eine abschließende Beurteilung heranzugehen, ließ ich einige Jahrtausende verstreichen und die Modelle in ihrer Gesamtheit zeigen, was ich von dem halte, was sie mir versprachen. Im Folgenden setze ich für die Beurteilung der Spezies Mensch eine maximale Bewertungszahl von fünf Punkten an - soll im besten Falle heißen: Unfehlbare und bewusstseins-optimierte Spezies.

Im Großen und Ganzen kann ich nun nach etlichem Verschleiß menschlichen Dauerbetriebs festhalten, dass das Modell Mensch tut, was es soll: Es lebt in mir. Das sollte an sich eine Selbstverständlichkeit sein bei einem beinahe unbezahlbaren Produkt seiner Art; allerdings muss man dahingehend die zunehmenden zivilisatorischen Unbilden berücksichtigen, gegen die die gesamte Baureihe seit ihrer ersten Ausgabe nie richtig abgeschirmt wurde. Die naturgegebenen Aktualisierungen im Laufe der Evolution leisten zwar in der Regel gute Arbeit, dies aber vor allem hinsichtlich der fortschreitenden Domestizierung auf immer enger werdendem Raum. Da diese Routinen der menschlichen Firmware aber nur im Jahrhundertabstand aktualisiert werden, wirken sie sich kaum auf eine etwaige Aufwertung einzelner Generationen aus und äußern sich lediglich durch kleine Korrekturen der grundlegenden Existenzbasis. Darüber hinaus bleiben bis dato viele Baustellen bestehen. Insbesondere erscheint es mir wichtig, vorab zwei markante Schwachpunkte herauszuheben, welche auf eine gemeinsame Diskrepanz zurückzuführen, und die in der Weiterentwicklung bisher unberücksichtigt geblieben sind; und man mag sich fragen, ob hier ein Kalkül der schöpferischen Urheberschaft verborgen liegt.

Zunächst ist da die seit Urzeiten implementierte Angstroutine. Während auf der einen Seite eine unermüdliche Anpassung an neue Lebensumstände erfolgt, bleibt die dahingehende und längst überfällige Neuausrichtung des ewig gestrigen Angstalgorithmus weitgehend auf der Strecke. Die ursprünglichen Abläufe funktionieren nach wie vor im alt vorprogrammierten Rahmen, sind aber darüber hinaus zum Teil inkompatibel mit den sich stetig ändernden Anforderungen an Angriffs- und Fluchtverhalten. Kaum ein Modell macht da eine Ausnahme; im Zweifel helfe ich manchmal auf psychologischen Umwegen nach. Eine zukünftige Implementierung eines überarbeiteten und großen Angstupgrades wäre aber m.E. dringend nötig, alleine schon, um vielfach mit Angst besetzte einfachste Konflikte am Stocken des Lebensflusses zu hindern. Das zweite erhebliche Manko der Baureihe Mensch besteht in der hemmungslosen Fähigkeit, sich selbst zu vernichten. Diese, ehemals nur auf das Individuum bezogene Notfallroutine, weist eine erhebliche und unberechenbare Sicherheitslücke bezüglich der sozialen Interaktions- und Konfliktfähigkeit auf, welche auch mich als Bewusstsein nachhaltig betrifft. In der Vergangenheit ist es dadurch regelmäßig zu großen Massenauslöschungen unnatürlicher Art gekommen; ein Umstand, der sich nicht gerade förderlich für meine weitere Vorliebe in Richtung dieser Spezies auswirkt. Wenn einem einmal die Freude an einer Sache aufgrund ignorant vernachlässigter Fehlfunktionen vergällt ist, geht man nur noch stiefmütterlich damit um und überlässt das Weitere dem Schicksal des ungenutzten Verfalls einer sinnentleerten Überproduktion. Eine Materialverschwendung eigentlich, und dies zu Unrecht der mehrheitlich gesunden Geister darunter. Manchmal überlege ich in der Tat, neue Menschen nicht mehr anzunehmen und stattdessen geduldig auf eine Überarbeitung zu warten, indem ich vorübergehend verstärkt auf parallele Entwicklungen der Schöpfung ausweiche. Hier besteht ein großer Nachbesserungsbedarf, soll das Modell

Mensch eine langfristige Zukunft haben. Alleine für die beiden beschriebenen Schwächen jeweils einen Punkt abzuziehen, mag übertrieben anmuten. Angesichts der Tatsache aber, dass deren weittragende Negativkonsequenzen im System einer gemeinsamen Unausgewogenheit geschuldet sind und nur exemplarisch für letztgenannte stehen, scheint mir eine dementsprechende Gewichtung angebracht. Den eigentlichen Hintergrund besagter Schwächen nämlich bildet eine über die Jahrtausende der Entwicklung verschleppte Kommunikationsstörung zwischen Verstand und Gefühl. Diese beiden dem Geist innewohnenden Instanzen stehen mit ihrer oftmals unnachgiebigen Ignoranz gegenüber dem jeweils anderen Part der menschlichen Balance gewaltig im Wege. Sie sind hauptverantwortlich für die meisten inner- und zwischenmenschlichen Konflikte. Die Seele könnte durchaus hier als Moderator ansetzen; sie wird aber in der Regel zu sehr auf schöpfungstheoretische Grundfunktionen reduziert, als dass man sie unter allmächtiger Fernwirkung der harten Schale einen weichen Kern verleihen ließe. Hier ist ganz klar die Schöpfung selbst zur Nachbesserung aufgefordert.

Nun zur Alltagstauglichkeit; denn sie ist es vor allem, in welchem sich der Lebensmechanismus Mensch ab- und ausspielt. Von Extremsituationen sehe ich bewusst ab, da sie in der Regel eine Zweckentfremdung darstellen, für welche auch von Herstellerseite keine Garantie übernommen wird. Der Mensch funktioniert auf verschiedenen, ineinander greifenden Ebenen: Die Ebenen Körper und Geist folgen meiner bewussten An- sowie Ableitungen im Selbsterhaltungsprozess. Die darin liegende Freiheitsroutine bleibt weitgehend unangetastet – ein fragiler Vorteil (s. Selbstvernichtung) gegenüber pflanzlichen oder anderen tierischen Modellen. Im Bereich der Flora darf ich beispielsweise bisweilen nur erfahren, aber nicht in Handlungen eingreifen. Die dritte Ebene, die Seele, unterliegt als tiefgründige Instanz keiner Bewertung meinerseits, da sie ihre Lizenz in dauerhafter Verbindung individuell zu Mutter Natur erhalten hat. Sie macht jedes Modell zum Unikat und behält sich ihre transzendenten Individualrichtlinien unantastbar im Sinne der Schöpfung vor. Innerhalb des Geistes bilden Gefühle und Verstand gegenseitig vermittelnde Unterinstanzen, immer auch in Abhängigkeit körperlicher Selbsterfahrung. Während der Verstand sachliche Informationen logisch zu verarbeiten versucht, beschreiben die Gefühle reflexiv dazu die Erfahrungen ohne Hand und Fuß. Aus dieser Gegenseitigkeit im Geiste transportieren sich die jeweiligen Ansichten zwischen- wie innermenschlich entlang der seelischen Grundverfassung hin zu mir. Bei der Zerstörung und Entsorgung von Körper, Geist, Gefühlen und Verstand wird die Seele weltlich rückstandslos mitsamt der Aufzeichnung des gesamten Lebenslaufes meinerseits in die Schöpfungskraft zurückgenommen. Im einzelnen sehe ich die Komponenten gegenwärtig wie folgt:

Zum Geist: Diese intelligente Hauptinstanz eint Verstand und Gefühl; sie ist es, die den Menschen zuoberst zu bestimmen und beleben scheint, die mich als Bewusstsein zum Ausschöpfen ihres Potenzials einlädt. Sie wird als Rohling mit dem grundlegenden Betriebssystem ihrer Spezies geliefert. Genetisch codierte Abweichungen sind aufgrund des natürlichen Unikat-Prinzips unumgänglich und nicht bewertbar. Kleine Unebenheiten auf dem mentalen Datenträger sind typisch, werden aber in der Regel von Beginn an zuverlässig durch Verstärkungen andererseits ausgeglichen. So kann ein Modell beispielsweise früh allgemeine Stärken im Organisatorischen zugunsten von Konzentrationsschwächen im Einzelnen aufweisen. Ein Anspruch auf jegliche Ausgeglichenheit besteht allerdings nicht. Neben der Fähigkeit, Denkstrukturen aufgrund der Hirnsoftware und in Abhängigkeit von Umständen zu entwickeln, besteht der größte Vorteil des menschlichen Geistes wohl in der enormen Speicherkapazität seines Gehirns. Allerdings verlieren sich zuweilen nicht nur die länger zurückliegenden Erlebnisse in unberechenbare Tiefen dieses Apparates; Tiefen, welche weitaus besser genutzt werden könnten, als absichtlichen oder unabsichtlichen Verdrängungen Platz zu bieten. So feinfühlig der Geist im Bereich der Differenzierung sein kann, so anfällig ist er für das Auslöschen von Information aufgrund von Stauungen in gedanklichen Sackgassen (Borniertheit) oder im Verschollensein im Gedankenlabyrinth (Vergesslichkeit). Eine Überarbeitung der Speicherplatzverwaltung solch immenser Kapazität tut dringend Not; dies käme nicht zuletzt auch dem mentalen Aufwand zu mancher Über- und Unterschätzungsbewältigung zugute sowie dem Entbinden des Denkens aus der weit verbreiteten Engstirnigkeit - einer beinahe schon natürlich veranlagten Kinderkrankheit. Daraus resultierend ist besonders bei den späten Modellen der Neuzeit eine unverkennbare Gleichrichtung und Einebnung der geistigen Ebene auf einen mittelmäßigen Standard zu beobachten. Oft hapert es in dieser Hinsicht an der gegenseitigen Regulierung von Verstand und Gefühl; das führt einerseits zu Denk- sowie Handlungsblockaden und andererseits zu verbohrtem Aktionismus. Stellt man dem das eigentliche Denkvermögen gegenüber, wird der doppelte Punktabzug weiter oben umso mehr bestärkt.

Zum Verstand im Besonderen: Die erste große Instanz im Geist gibt dem Menschen eine gewisse Sonderstellung hinsichtlich seiner Funktionalität in mir als Bewusstsein. Nicht ein vorprogrammiertes Instinktprinzip, sondern ein in Anpassung an die natürlichen Gegebenheiten freies Planungs- und Orientierungskalkül lässt mir in meiner Entfaltung eigentlich genügend Spielraum, zwischen Alternativen zu wählen. Der Vorteil liegt auf der Hand: Während der reine Instinkt, welcher in der Spezies Mensch eine eher untergeordnete Rolle spielt, nur einen Weg auf Gedeih und Verderb kennt, kann mir der Verstand Optionen in Abstufung zwischen Handlungsoptimierung und Kompromissnotwendigkeit aufzeigen. Man könnte meinen, dass mit steigender Effizienz dieser mächtigen Funktion der psychophysische Gesamtkomplex den Existenzwidrigkeiten stets zu trotzen im Stande und ihnen immer einen Schritt voraus ist. Damit aber geht auch eine unverkennbare Unverbesserlichkeit des Menschen einher, die ab einer gewissen Dominanz jene Festgefahrenheit des Instinkts bei Weitem übertrifft. Solcher Intellekt-Masochismus folgt nur noch einer unnahbaren Logik und nimmt zuweilen bizarre Formen an, wenn das Humanitäre sich den knallhart gesuchten Konsequenzen zutiefst unterwürfig zeigt: Der Verstand als Maschine, die Fünf nicht gerade sein lassen kann und in ihrer Berechnung über Leichen geht.

Zum Gefühl im Besonderen: Die zweite neben dem Verstand hauptsächliche Instanz des Geistes ist eine für mich unergründbare Macht um den jeweiligen Menschen und gleichermaßen sein großes Pfand, wenn es darum geht, Auswirkungen körperlicher oder geistiger Erfahrungen jenseits der verstandesmäßigen Begreifbarkeit zu erfassen. Das Gefühl als undurchsichtiger Wiedergänger zwischen mir als Bewusstsein und dem individuellen Humanexemplar übermittelt ausschließlich Schwingungen im Rahmen der Gegebenheiten in Resonanz mit der erhaschten Individualität. Es kommt nicht als eigenständige Unterfunktion des Geistes mit dem Menschen auf die Welt, sondern es wirkt aus der Verwurzelung der jeweiligen Seele mit der Schöpfung wie ein imaginärer Leitfaden zwischen dem individuellen Dasein und meiner Auffassung von ihm - wie ein direkter Draht durch all die Erfahrungen hindurch. Die Gefühle sind es erst, die mir multiple Einblicke in verstandesmäßige Erkenntnisse erlauben - wie das Erfassen eines Punktes aus unendlich vielen Richtungen umher. Auch wenn sie manchmal trügen mögen, sind sie ein einzigartiges Erfassungsinstrument, so wie die zugehörige Seele einmalig ist, und nicht bewertbar hinsichtlich ihres Auftretens, wohl aber im Hinblick auf die Macht, die ich ihnen zugestehe. Der Mensch, den ich dabei umfasse, kann dafür kaum verantwortlich gemacht werden, solange er sich nicht meiner Besitzergreifung von ihm versperrt, wenn es darum geht, das Gefühl zu beurteilen ohne es zu werten.

Zum Körper: Die Maschine Mensch ist so gesehen ein komplexer Apparat, ausgerüstet mit allerlei Sinnes- Kraft- und Nerveninstrumenten, die sein Leben lebenswert machen; ein Selbstläufer sozusagen. So weit so gut. Gesteuert wird eine solche Einheit über ein recht großes Gehirn, dessen theoretische Fähigkeiten, wie oben erwähnt, aber weit hinter seinem Volumen zurückbleiben. Unbedachte Verschwendung oder Kalkül der Entwicklung? - Was die funktionale Substanz betrifft, ergibt sich ein eher unscharfes Bild; dies lässt auch ein nicht selten aufwändiger, medizinischer Instandhaltungsbedarf erkennen. Auf der einen Seite macht die Komplexität des Körpers einen äußerst durchdachten und damit stabilen Eindruck. Eins fügt sich ins andere, wie eins vom andern abhängig ist. An der Anpassung orientiert, hat sich so eine verlässliche Festigung physischer Struktur ergeben. Wehe aber, auch nur ein Teil versagt seinen Dienst; dann werden im günstigsten, dem gesunden Falle, selbstheilende Gegenmaßnahmen getroffen. Diese wirken aber dermaßen fragil innerhalb ihrer nervlichen und hormonellen Steuerung, dass schon ein weiterer, an sich unerheblicher Ausfall zu fatalen Komplikationen führen kann. Die mehr oder weniger vollkommene Gesundheit stellt also die Crux in dieser Sache dar. Das körperliche Unterfangen erweist sich dementsprechend schnell mal einen Bärendienst angesichts der funktionalen Verlässlichkeit einer Phage. Dann stellt sich die Frage, ob es sich bei derartiger organischer Pompösität wirklich um ein notwendiges Ineinandergreifen so vieler ausgeklügelter Komponenten handelt, oder eben doch nur um die Folge einer natürlichen Flickschusterei, damit es irgendwie hält, um groß rauszukommen. Es wirkt mitunter so, als ob das Zweite das Dritte benötigt, damit das Dritte dem Ersten zum Zweiten verhilft. Mit andern Worten: Warum einfach, wenn es auch kompliziert geht? Für diese Ungereimtheit gibt es allgemein einen weiteren Punkt Abzug, denn ein wenig mehr Effizienz hinsichtlich der Körper-Geist Interaktion bezogen auf die quantitative organische Substanz hätte ich der Schöpfung schon zugetraut. Neben der programmatischen Gesamtverwaltung des Gehirns auf neurologischer Ebene zeichnet sich ein ausgeklügeltes Hormonsystem für die grundsätzliche Steuerung des Organkomplexes verantwortlich. Dieses System kontrolliert auch die Regenerationsroutine, genannt Schlaf. So gut die Hormone, neben ihrer Funktion zur organischen Kontrolle, die energetischen Flüsse zwischen Aktivität und Ruhezustand zu lenken vermögen, so wenig erschließt sich mir oft die Subroutine des Schlafes, der Traum. Letzterer soll unter Loslösung des Geists von physischen Gesetzmäßigkeiten das Erlebte ordnen. Als bewusste Ich-Instanz stehe ich hier mit dem Gehirn in ausschließlicher Verbindung, und man sollte meinen, das diese Ungestörtheit vornehmlich positive Früchte hinsichtlich der Geist-Körper -Einheit trägt. Die Systematik hinter den Träumen bleibt mir aber oft ein Rätsel, zumal letztere nicht selten zu kryptisch erscheinen, als dass ich sie lebensnah entschlüsseln könnte. Auch bleibt mir der Zugang zu unbewussten Träumen seitens des Hirns verwehrt. Nur eine Geheimniskrämerei der Schöpfung, oder eine notwendig verborgene Erlebnisverarbeitung zur Schonung des regenerativen Gesamtprozesses? Hier würde ich mir zukünftig eine größere Transparenz im Sinne wahrer Bewusstseinserweiterung wünschen; das ersparte zudem unnötiges Grübeln und damit bewusste Ressourcenverschwendung nach dem Erwachen.

Anschließend daran noch etwas zum Schmerz- und Alarmsystem des Körpers: An der grundsätzlichen Notwendigkeit einer solchen Sicherheitsinstanz gibt es selbstredend nichts zu rütteln - zu viel kann im Verborgenen ansonsten lange unentdeckt bleiben und schließlich von einem auf den anderen Moment zu extremen Ausfällen bis hin zum plötzlichen Exitus führen. Allerdings erscheint mir die damit verbundene schmerzliche Signalübertragung in vielen Fällen unausgegoren, übertrieben oder unzulänglich an die Erfordernisse angeglichen. So erschließt es sich mir beispielsweise nicht, warum ein abgebrochener Zahn durchaus Ohnmacht hervorrufende Schmerzen verursacht, während die klammheimliche, wehleidige Abnutzung eines lebensnotwendigen Organs ohne vehemente schmerzliche Vorwarnung in ungeahnten Überraschungseffekten endet. Etwas weniger biohysterischer Aktionismus wäre hier dem Bewahren eines kühlen Kopfes zuträglich, derweil eine echte alarmierende Pein, wo sie hingehört, ihren berechtigten Dienst tun könnte - auch ohne Qualen, insbesondere wenn ohnehin keine Rettung mehr in Aussicht steht. Weg also mit einem unsinnig stressenden Schmerzmodel, zugunsten eines nervlich ausgewogenen Alarmsystems, welches den belasteten Körper je nach Leiden angemessen warnt. Mutter Natur mag diese manchmal übertrieben wirkende Schmerzgestaltung damit rechtfertigen, dass der bequeme Organismus nur auf diese Weise zum Handeln gezwungen werde; sie sollte sich aber auch von mir als Bewusstsein sagen lassen, dass Bequemlichkeit oft keine Grenzen kennt und sich bis zum bitteren Nerventod des Zahnes renitent geben kann. Auch bleibt die Schöpfung andererseits eine Antwort schuldig, warum sie ihre schmerzhafte Panikmache dann bei vielen wirklich gefährlichen Krankheiten nicht frühzeitig nachkommt, sondern nur lau oder zu spät aber dann um so extremer warnt. Das hat schon etwas von schöpferischem Sadismus. Von einem extra Punktabzug dahingehend möchte ich aber absehen, weil auch auf meiner Bewusstseinsseite ein nicht unerheblicher Teil der Verantwortung in Puncto Schmerzvermeidung liegt: Soll heißen, ich kann bei starken Schmerzen zumindest nicht behaupten, ich hätte von nichts gewusst.

Eine weitere Anmerkung zur Energieversorgung sei noch erlaubt: Ein umständlicher Verbrennungsmotor treibt den menschlichen

Komplex an. Enttäuschend, mag man meinen, bei all den auf Effizienz getrimmten Anordnungen. Mit seinen genüsslichen Stärken aber leider auch hinreichend bekannten Schwächen tut der Antrieb seinen Dienst vor allem in Abhängigkeit der Treibstoffqualität unterschiedlich lange und zufriedenstellend. Vor allem reine Fleischgenießer und Vegetarier seien respektive ihrer Einseitigkeit gewarnt. Der Mensch ist als Allesfresser ausgelegt, eigenverantwortlich zu handeln, will er sein Modell nicht der Verkohlenstofflichung und Eingeweideverharzung oder auch Proteinmangelverhärmung anheimfallen lassen. Ist es erst einmal so weit gekommen, bekommt der Begriff ‚lebenswert‘ eine ganz andere Bedeutung; so auch im umgekehrten Falle, wenn durch ausgewogene Treibstoffzufuhr lebenslang all das aus dem Antrieb herausgeholt werden kann, was in ihm steckt. Im ein oder anderen Selbstversuch an meinen Modellen konnte ich durchaus Unterschiede im Verhältnis von ausgeglichener Verwertung, bleibender Verschlackung und durchlaufender Verflüchtigung beobachten. Eine Alternative zu dieser Art der Brennstoffversorgung scheint mir aber gegenwärtig in Anbetracht der Modellbauweise kaum gegeben, würde dies doch zu erheblichen Evolutionssprüngen mit ungeahnten Folgen für die Menschlichkeit führen. Für die Schwächen, die der Energieversorgung geschuldet sind, scheint mir ein letzter halber Punktabzug gerechtfertigt, denn für eine gesicherte gesunde Energiezufuhr ist mir der Mensch zu sehr sich selbst überlassen. Hier täte ein wenig mehr Instinkt nicht nur ihm gut, sondern würde auch mich von einer gewissen Betrachtungsunsicherheit dahingehend entbinden; bei soviel durchdachter organischer Struktur, sollte schließlich ein gewisser automatisierter Schutz vor Fehlernährung Standard sein.

Fazit: In allen Bereichen erscheint mir der Mensch trotz der Abzüge ein durchschnittliches Produkt der Natur zu sein. Seine größten Stärken bergen zugleich auch seine ärgsten Schwächen. Die Selbstverantwortung nährt sich dabei aus der Ableitung natürlicher Wegweisung zur Richtungsfindung einer eher beschränkten und manchmal überschätzten persönlichen Freiheit - ob zum Vor- oder Nachteil, sei dahingestellt. Wenn man sich dergestalt neutral also auf sich als Menschen eingelassen hat, muss man es dabei bewenden lassen und mit diesem hypothetischen Durchschnitt, einem gesunden Mittelmaß, leben. Das entspräche gefühlt zunächst einem Ansatz von 2,5 Punkten auf der o.g. Skala, und der Mensch stellte damit unvoreingenommen natürlich gesehen einen Mittelklasse-Bewusstseinsträger dar - unter allgemeinem Hinblick auf das, was möglich wäre und was lange nicht möglich war. Trotz der permanenten Unausgewogenheit einiger aber doch wesentlicher Faktoren prägt dieses angenommene Mittel aber schon eine gewisse Besonderheit; die Besonderheit des Menschenverstandes - eine Kombination aus verbürgter Grundfunktionalität, körperlich wie geistig, und dem generellen Maßhalten mit sich mehr als mit dem Lauf der Dinge - theoretisch. Zöge man indes nach lebenspraktischen Gesichtspunkten eine stärkere Gewichtung der angesprochenen Schwächen um den vermeintlichen Durchschnitt in Betracht, ergäbe sich dahingehend ein ungünstigeres Bild. Da bliebe nach weiteren denkbaren Abzügen nur noch ein Pünktchen übrig; dies wäre aus der Geschichte ‚Mensch' heraus gesehen immer noch ein respektables Ergebnis, wenn auch nicht unbedingt eine Erfolgsstory: Ein Punkt fürs reine menschliche Überleben eben. Es reicht in der Regel aus. Aber ob solches Überleben letzten Endes durchschnittlich human gehalten werden kann, muss dem entgegengesetzt das Gewicht der Stärken zeigen, bei einer eher pessimistisch eingeschätzten Unterdurchschnittlichkeit in Anbetracht der diskutierten Schwächen: Hier kann ich der Schöpfung keinen Vorwurf machen; denn Stärke ist, was sich jenseits verbliebener oder gar hinzugekommener Schwächen bis dato ins positive Gegenteil davon entwickelt hat. So zielt meine abschließende Bewertung auch nicht auf eine pessimistische Betrachtung des noch nicht bzw. nicht mehr Erreichten ab, sondern auf eine verbleibende Zukunft für die mit reichlich Potenzial ausgestattete Spezies Mensch.

Alleine im Rahmen des Verhältnisses zukünftiger Erwartungen zur Offenbarung menschlicher Defizite wird sich zeigen, ob die Stärken zumindest das angenommene gesunde Mittelmaß erreichen und auch langfristig halten. Es kann nur besser werden, solange die Schwächen einen evolutionären Lernerfolg nach sich ziehen. Hier liegt die Verantwortung nicht zuletzt bei mir, der ich das schöpferische Angebot durchstreifen und an Mutter Natur zurückmelden muss. Bis hierhin bin ich bereit zu einem gewissen Optimismus; alles darüber Hinausgehende in Richtung Perfektion des schöpferischen Produkts sehe ich unterdessen nicht nur skeptisch, sondern es wäre auch fehl am Platz. Soll heißen, das eigentliche Optimale ist der Durchschnitt. Die Verlockung zu Höherem ist zwar gegeben, aber das Ausleben dieser in der Form von einzelnen Ausreißern hat mich in der Vergangenheit meist enttäuscht: Während mental hochgerüstete Genies meine Such- und Erlebensaufgabe mittels haarscharfer Unfehlbarkeit im Kreise ihrer Theorien oft ad absurdum führten, ließen extrem gesunde Urgesteine mich im allzu hohen Alter gerne in der Demenz verharren und unnötig lang leere Erwartungen verschwenden. Das eine wie das andere bedeuten in extremer Quantität noch lange keine qualitativen Quantensprünge; und der Mensch scheint gegenwärtig ganz einfach nicht dafür gemacht. Die Grenze des zumutbaren Durchschnitts an dieser Stelle zu überschreiten hieße demnach, das menschliche Konstrukt zugunsten gänzlich neuer Entwicklungsreihen zu verwerfen. Eine so genannte Perfektion kann in begrenztem Rahmen also immer nur in einem gesunden Mittelmaß liegen - auch wenn der Mensch letzteren Begriff gerne negativ assoziiert, wenn er glaubt, er besäße mich anstatt ich ihn.

Abschließend sei gesagt, dass die obigen Ausführungen bezüglich des Bewusstseinsträgers Mensch selbstredend nur im Rahmen geeigneter Anpassungs- und Regulierungsumstände der allgemeinen Lebensbedingungen gelten und nur in diesen zu bewerten sind. Auswirkungen höherer Gewalt, z.B. von Beeinträchtigungen des Bewusstseinsträgers durch äußere Extreme, sollen sich in dieser prinzipiellen Bewertung nicht niederschlagen, wenngleich diese Unbilden auch als Resultat der Wechselwirkung zwischen mir als bewusster Instanz und dem jeweiligen Bewusstseinsträger zutage treten können. Ich bin allerdings insoweit jeweils subjektiv befangen. Einerseits nutze ich die Bewusstseinsträger auf eigene Gefahr zwecks Erlebensverarbeitung, andererseits bin ich ausschließlich dafür geschaffen. Deswegen genieße ich universal übergeordnet die Immunität der Schöpfung und bin nur bedingt verantwortlich für Beeinträchtigungen meinerseits durch mentale oder körperliche Fehlfunktionen einzelner Bewusstseinsträger; nämlich genau dann, wenn ich dieser Beeinträchtigung hätte bewusst entgegentreten können. Meine noch so verantwortungsvolle Einsicht kann dennoch unverantwortliche Denk- und Handlungswechselwirkungen nicht ausschließen. Eine dahingehende Differenzialbetrachtung obliegt am Ende allen Seins alleine der schöpferischen Supervision.

Angesichts der unendlichen Weiten lässt die übersichtliche Auswahl seitens der Schöpfung an sinnvollen und energetisch ausgewogenen Bewusstseinsträgern bisher eher zu wünschen übrig, und das, obwohl das Allmächtige sich jegliche Bewusstseinserweiterung auf die Fahnen geschrieben hat. Gegenwärtig scheinen dementsprechend praktikable Existenzergebnisse eher noch Nebenprodukte einer universalen Feldforschung zu sein. Mir scheint, Mutter Natur und ihre Geister fungieren doch stark als Amateure der obersten Instanz - mehr mit ihrer Ausbreitung als mit ihrer Festigung beschäftigt. Was kann kann da der Mensch mehr sein als der Einzeller? An mir bleiben beide gleichermaßen hängen; der eine als simples Minimalprinzip, das meinem Anspruch Urzeiten verschafft und der andere als in sich verstrickter Gegenwartskomplex, dessen relative Kurzlebigkeit zumindest ein paar Augenblicke expandiert. Aber der große Wurf auf dem Weg zum erfüllenden Ziel lässt wohl noch einige Raumzeit auf sich warten - oder er ist bereits an mir durch noch unnahbare Ecken des Universums vorbeigegangen.

Eine Million und ein halber Römer

Da sitze ich auf gepackten Koffern, um mir ein letztes Mal den warmen Mittelmeerwind um die Nase wehen zu lassen, den Scirocco ob seiner Hitze zu verfluchen und dem kurz darauf folgenden wilden Mistral für seine kühlenden und glasklaren Nächte zu danken, da wird das sommerlich mediterrane Auf und Ab der Gefühle doch noch in seinen Festen erschüttert.

Es ist heißer als in den Jahren zuvor, und es riecht streng nach einer undefinierbaren Mischung aus verbranntem Gras, Pinienholz und Kunststoff. Letzteres lässt mich die menschlich zunehmend verkommene Nähe zu den Elementen, in diesem Fall des Feuers, schmerzlich verinnerlichen. Wie weit ich nun auch fliegen werde, so fern können mir die eben noch erlebten Schicksale zwischen ausgelassenem Sommerfest und aufdringlicher Asche gar nicht erscheinen wollen. Der Sonnenuntergang um dieses Sinnbild ist getrübt durch grün-gelb-braune Schwaden, die sich wie ein muffiger Vorhang vor einer idyllischen Vorstellung zusammenziehen. Das kleine Transistorradio neben mir vibriert förmlich von den streitenden Stimmen über die Unbilden der Zeit, hier und da unterbrochen durch rauchig-romantischen Gesang von Amore und Leidenschaft. Das macht Durst; aber die vielen öffentlichen Brunnen sind längst versiegt. Der Abschied wäre erträglich gewesen, würde er mir auf diese Weise nicht unnötig erschwert. Irgend etwas hat sich vorgenommen, sich kurz vor meinem Abgang noch einmal so richtig danebenzubenehmen. Nun gut, das ist nicht mein Problem - nicht mehr. Aber was können die dafür, die heute Abend, wenn ich im Flieger über den Wolken in den Sternenhimmel schaue, hinter verschlossenen Fenstern und Türen in dicker Luft acht Stunden ausharren müssen, bis das Wasser vielleicht wieder angestellt wird?

Über mir kreist ein Hubschrauber des Zivilschutzes und wirbelt den Hauch von apokalyptischem Flair in meine nunmehr stimmungslosen Nachgedanken. Unter Polizei- und Feuerwehrsirenen mischt sich derweil das Tatütatüü-Tatütatüüü einer Ambulanz. Warum? Reicht der verkohlte Wald denn nicht mehr aus, nachdem schon die trüben Seen dem weinerlichen Einschlafen übermüdeter und überhitzter Kinder nicht mehr das Wasser reichen können? Ich habe die lokalen Online-Nachrichten gelesen, so gut mir meine rudimentären Sprachkenntnisse dies ermöglichten; da ist wohl die Rede von 1,5 Millionen Menschen ohne Wasser in der ewigen Stadt; aber ich verlasse mich lieber noch immer sprach-feige auf die Modernität automatischer Übersetzung. „Eine Million und ein halber Römer", heißt es da, „sehen einer nie da gewesenen Wasserrationierung entgegen." Ich fühle mich quasi als die halbe Portion geschmeichelt ob der Integrationsbemühungen, die das allwissende World-Wide-Web mir im Zuge meines Abgangs angedeihen lassen will. Einst sehnsuchtsvoll erwartet, mich bald ernüchternd, sage ich nun dieser zweifelhaft zukunftsträchtigen Welt Arrivederci. Derweil brennt das moderne Leben darin Schneisen in vergangene Ideale.

Ein Urlaubspärchen hüstelt sich mit argwöhnischem Gemurmel über Müll und Staub an mir vorbei, gefolgt von einem verbalen Wuttouristen. Dieser pumpt mit dumpfen Entschädigungsfloskeln über entgangene Urlaubsfreuden ein vorübergehendes und sinnloses Vakuum in die beißende Luft. Einzig der plappernde Junge, hinter seinen verklemmt schweigsamen Eltern hertrottend, spricht mir die Wahrheit aus dem Herzen, als er mich über meinen Koffern resümieren sieht: „Wenn Sie hier sitzen bleiben, wird es gleich dunkel." Ihn scheren weniger die momentanen Feuer am Horizont, als mehr der Lauf der Dinge im aufkommenden Wind, scheint es. Er will einfach nur nach Hause. Als langjähriger Gast in diesen Gefilden ahne ich zumindest, was der Kleine noch zu schätzen weiß, und was andere trotz ihres Verlustes auch morgen noch hier haben. Insgeheim hüte ich genau davon ein Stückchen Wehmut; nein, eben nicht die Wehmut im Rückblick auf Pasta-Fantasien, Pizza-Kreationen, Enthemmungen zwischen Chianti und Abruzzo sowie all die anderen Klischees, sondern im Hinblick auf den scheinbar belanglosen Alltag des einfachen Lebens hier. Ich will mich an Gesichter und nicht an typologisierte Masken erinnern. Das nehme ich doch mit, und rette es vor den Flammen der Gegenwart in eine mindestens genauso unsichere Zukunft.

Ich erhebe mich endlich und folge dem Grüppchen vor mir zum Flughafenterminal. Er wird mich bald in meine alte mitteleuropäische Haut zurück schlüpfen lassen - mich, dem in der Heimat von wissbegierigen Träumern alles abverlangt werden wird, euphorisch zu erzählen, wie es niemals war.